Fuga de A

Pedro F. Mancha Caro

Círculo rojo – Novela – Número 7
www.editorialcirculorojo.com

Primera edición: septiembre 2010

Editorial Círculo Rojo.
www.editorialcirculorojo.com
info@editorialcirculorojo.com
Colección *Novela* - Número 7

Edición: Editorial Círculo Rojo.
Maquetación: Luis Muñoz García.
Foto de portada:© scabam - Fotolia.com.
Cubiertas y diseño de portada: © Luis Muñoz García.

Impresión: PUBLIDISA.

ISBN: 978-84-15143-03-1

DEPÓSITO LEGAL: SE-5410-2010

IMPRESO EN ESPAÑA – UNIÓN EUROPEA

I

Noviembre 2008

Los planos que sirvieron para construir el mayor campo de concentración nazi, los dibujos, del que se cree ejemplo mayúsculo de exterminio en la historia reciente de la humanidad, Auschwitz, fueron encontrados en un piso de Berlín, la antigua capital germana. El periódico alemán Bild en su edición del sábado 8 de noviembre mostró tres de los planos arquitectónicos sobre un papel amarillento, desgastado por el tiempo transcurrido, 60 años, que formaban parte de los 28 que habían conseguido rescatar del olvido.

Los que habían conseguido publicar correspondían a una cámara de gas y un crematorio del campo de concentración edificado en la polonia hitleriana. También fue encontrado un dibujo de la famosa puerta principal de Auschwitz, la misma que veían los prisioneros nada mas entrar, y en la que aparecía expuesto el famoso lema "El trabajo os hace libres", durante la limpieza del apartamento.

Los dibujos, a escala 1/100, estaban fechados entre 1941 y 1943, época del apogeo y comienzo del declive del nazismo, con el sello de la "Dirección de la construcción de las Waffen-SS y de la policía". Algunos de los planos estaban firmados por antiguos altos responsables de las SS. En uno de ellos aparece las iniciales de Heinrich Himmler, jefe de las SS.

Hans-Dieter Kreikamp, director de los archivos de la república federal alemana, consideró el hallazgo de extraordinario, y calificó a los citados documentos como la prueba auténtica de que el genocidio de judíos en Europa fue sistemáticamente planificado.

En uno de los planos aparece dibujado una cámara de gas de 11,66 por 11,20 metros. En él se lee su nombre en alemán: Gaskammer.

Otro de los facsímiles muestra la entrada al campo y las vías de los trenes que llevaron a un millón de judíos, del total de seis, a la muerte segura.

Los planos mostraban también el primer crematorio y un Leichenkeller, o sótano para cadáveres. La longitud inicial prevista para éste L.Keller, en abreviatura, era de ocho metros, que podía ser ampliado según las necesidades.

En enero de 1942 la conferencia de Wannsee organizó la "solución final de la cuestión judía": el exterminio de los judíos de Europa. Unos seis millones fueron asesinados en los campos de la muerte, de los cuales Auschwitz registró la cifra más alta: un millón.

La noticia del hallazgo de los planos del campo de concentración de Auscwhitz provocó un vuelco en el corazón de Manfred. Tenía por costumbre leer el periódico todos los sábados, y cuando llegó a su casa y lo abrió las imágenes formadas en su mente aparecieron de inmediato. Todavía se acordaba de las historias de su tío materno, uno de los supervivientes de Auschwitz. Era muy niño cuando el hermano de su madre le describió con todo lujo de detalles las torturas y humillaciones que llegó a sufrir durante su estancia en aquel terrible campo, y que al final tuvieron para él un final feliz e inesperado, junto con tres de sus compañeros. Ahora sabía que era verdad todo lo que le había contado su familiar. No le cabía la menor duda. El campo había existido realmente y el holocausto no era una invención del movimiento sionista judío

II

Dieciocho meses recluido. Ese era el tiempo que llevaba preso en el campo de concentración de Auschwitz. Kazik ya ni se acordaba de la última comida decente que se había llevado a la boca. Pan y agua, y alguna que otra sopa maloliente hecha a base de nabos que por la noche se reforzaba con un poco de margarina y a veces algo de fiambre, además de lo que pudiera conseguir en el mercado negro a cambio de algún trueque, ese era su sustento. Ya no podía aguantar por más tiempo esa situación, y la idea de la fuga se pasó por su cabeza una y otra vez. Suplementar esa dieta que le estaba llevando a la muerte se había convertido en una obsesión. Pero la situación le había desbordado, ya no era la misma persona que entro en el campo hacía casi dos años. En Auschwitz sólo había dos formas de liberarse de aquel suplicio, bien la muerte instantánea a manos de algún SS, o bien el fallecimiento por inanición, enfermedad o accidente. Ninguna de ellas le atraía, todavía no había llegado a esa fase lamentable en la cual ya nada la importaba, y cuando alguien llegaba a ese estado, sólo contaba los días que le quedaban para abandonar este mundo lo antes posible. Algunos de los internos, presos de desesperación, se lanzaban a toda carrera sobre las alambradas electrificadas. La muerte se producía a los pocos segundos sin remisión.

Kazimierz Piechowski se había levantado como de costumbre malhumorado y con mucha hambre. Había guardado la mayor parte de la escasa cena que le habían dado para así tener algo que comer en el desayuno. Después de terminar el recuento diario se originó un gran revuelo. Las voces de los guardianes y el ladrido de los perros se fusionaron en unos instantes dando a entender que algo grave había sucedido. Faltaba uno de los prisioneros y eso era algo que los vigilantes del campo no podían permitir que sucediera. Paulovsk, un deportado ruso, había desaparecido en la noche, y al iniciarse el recuento de la mañana no se encontraba por ningún lado.

Los kapos acompañados por los SS comenzaron a registrar concienzudamente el barracón, hasta que después de un cuarto de hora de intensa búsqueda lo encontraron escondido en un lugar inaccesible, a primera vista, dentro del mismo recinto que hacía las veces de dormitorio.

Después de sacarlo a patadas, y casi medio muerto de la paliza que le habían dado, el capitán Ostende de la SS ordenó formar a todo el barracón.

> - Schnell, schnell, gritaron los soldados que a duras penas podían conseguían mantener firmes a los depauperados internos del campo

Dos soldados de las SS le levantaron casi en volandas del sucio suelo y como pudieron lo pusieron en pié. Había estado tanto tiempo sin moverse que la circulación de la sangre se le había paralizado. Uno de los Kapos del barracón llegó con un gran cartel y se lo colocó en la espalda. Inmediatamente otro de los Kapos le dio un enorme tambor que también fue colgado del cuello.

Su plan había fallado estrepitosamente. Confiaba en que no lo encontrasen a las primeras de cambio. Todo su éxito se basaba en esa premisa. Una vez que hubiera desaparecido del recuento oficial sólo sería cuestión de horas, o de días que se olvidarán de él y así poder abandonar el campo.

- Y ahora, a tocar, dijo el capitán Ostende

Paulovsk hizo como que no se enteraba, aturdido como estaba por la paliza que le acababan de dar, aunque su estratagema le iba a durar muy poco.

- Vamos, he dicho que a tocar, gritó el oficial, dándole una patada en el trasero para que comenzara su vía crucis particular por todo el campo.

Paulovsk no se podía mantener en pié, pero a duras penas hizo un último intento y comenzó a caminar.

- Miradlo bien, gritó el capitán Ostende, miradlo. Esto es lo que les espera a los que desafían la autoridad del Reichsfuhrer.

Su propia desesperación le había llevado a la muerte prematura. Paulovsk se la había jugado todo a una carta y ahora la consecuencia directa era la condena pública. Los castigos eran numerosos en Auschwitz, consistiendo en aparte del propio encierro, las palizas, marchas interminables, trabajos físicos hasta llegar al agotamiento y posterior muerte, etc. Para los que conculcaran las reglas establecidas como robar, traficar o esconder cualquier objeto no permitido el castigo era el ahorcamiento público en la plaza de la llamada. El lugar era una inmensa extensión abierta en medio de los barracones donde todos los días se pasaba lista a los presos por la mañana y por la noche.

Kazimierz Piechowski contempló aquella imagen tan horrenda y pensó en lo difícil que sería el fugarse del campo de concentración de Auschwitz. La tortura no acababa más que empezar.

Paulovsk comenzó a recorrer el campo tocando el tambor mientras los vigilantes de las SS le daban algún culatazo cuando se paraba, victima del cansancio.

El principio de autoridad era algo que los dirigentes nazis querían inculcar y hacer respetar a toda costa, y para ello el sólo hecho de intentar fugarse, aún sin conseguirlo, era una falta muy grave que únicamente podía ser castigada con la muerte.

La pena de ahorcamiento público hacía tiempo que había sido suprimida de los códigos penales europeos, pero para los nazis era una buena medida que además servía de escarmiento y de aviso para todos aquellos que contravinieran las normas establecidas. Era uno de los medios más utilizados por los seguidores de la svástica para mantener la disciplina y la sumisión. Y la pena se aplicaba con total impunidad y libremente por el que ejerciese el poder, un instrumento ejemplarizante para el resto de internos.

A lo lejos contemplaba la escena Rudolf Hoess, Comandante del campo de concentración de Auscwhitz. Aunque había visto el suceso en multitud de ocasiones, no terminaba de acostumbrarse.

Viva, Viva, Ya he vuelto con vosotros, decía el cartel. Nadie se reía. Todos estaban amedrentados y la única esperanza que les quedaba se estaba desvaneciendo por momentos cada vez que alguien intentaba fugarse y fracasaba.

Nadie decía nada como si estuvieran esperando lo inevitable. El paso era muy lento y dificultoso, pero lo peor todavía no había llegado. Después de recorrer todo el campo, cuando ya no podía más y esperando la muerte el capitán Ostende volvió a aparecer. Los prisioneros todavía permanecían de pié, en formación. Los mandos pensaban que al contemplar aquellos castigos tan crueles su sola visión tendría un efecto ejemplarizante en el resto de internos, dándoles a entender lo que les sucedería si volvían a cometer el mismo error.

- Esto no se te va a olvidar, dijo.

- Sargento, gritó, llevé al prisionero a la celda de castigo y enciérrelo.

Todos sabían lo que significaba esa sanción: la muerte por inanición, y eso es lo que le esperaba al pobre Paulovsk. En menos de dos semanas estaría agonizando en un estrecho cuartucho y moriría sin remisión.

Era una treta muy conocida. Esconderse para no ser visto y hacer creer al director del campo que se había fugado. Después, transcurridas unas jornadas, cuando los SS diesen por desaparecido al preso, el detenido tendría vía libre para escaparse sin ser detectado, y eso suponiendo que lograra burlar todos los controles existentes. Hasta el momento nadie lo había conseguido. Rudolf Hoess lo sabía muy bien, si se hubiera encontrado en su misma situación habría hecho lo mismo.

Padre de familia ejemplar, la encarnación de la modestia y la precisión, había vivido con toda su crueldad las consecuencias desastrosas de la crisis del 29, cuando los capitales huían hacia Norteamérica y Alemania se veía abocada a la hiperinflación, llegando a imprimir en su peor momento billetes de 100 millones de marcos. A pesar de las apariencias sufría como hombre al tener que realizar el trabajo de director del campo de concentración de Auschwitz. Su casa privada estaba dentro del recinto del lager. Era amplia, con cinco o seis habitaciones, y con él vivía su familia. Tenía tres o cuatro hijos. Las habitaciones, con mobiliario de madera corriente, eran según el estilo de los SS, pulidas y modestas, pero cómodas y agradables. Hoess era de mediana estatura y buena complexión, reservado y poco locuaz. Huraño y reservado, a veces era imposible arrancarle una sola palabra. No tenía ningún vicio y bebía poco, al contrario que muchos de sus SS que solían frecuentar el bar del campo reservado a los vigilantes.

III

La pesadilla empezó en junio de 1941. En ese año triunfal para Alemania ya funcionaban tres campos de exterminio en Polonia: Belzek, Treblinka y Wolzek. Estos campos se hallaban al cuidado del Einsatzkommando de la policía de seguridad y de SD. Un año antes Rudolf Hoess se acercó al campo de concentración de Treblinka para enterarse de cómo se procedía al extermino. El comandante del campo de Treblinka: Kart Franz, le dijo que habían dado muerte a 80.000 personas en seis meses y añadió que se ocupaba principalmente de la liquidación de los judíos de Varsovia. Utilizaba el monóxido de carbono, que fue uno de los primeros métodos utilizados por los nazis para masacrar a la población judía y a la que no consideraban apta para seguir viviendo como los discapacitados o los enfermos psíquicos.

Aunque en realidad el mal sueño para Alemania había comenzado después de la perdida de la primera guerra mundial. Las durísimas condiciones impuestas a Alemania traducidas en reparaciones de guerra impagables derivadas del tratado de Versalles, unido al ascenso de Adolf Hitler al poder supusieron el principio del fin del pueblo judío en Europa. El 15 de septiembre de 1935, en el congreso del partido nacional socialista obrero alemán se aprobó la ley para la protección de la sangre y la ley de la ciudadanía del III Reich.

La ley para la protección de la sangre Alemana y del Honor Alemán, denominada como ley para la protección de la sangre, prohibió el matrimonio entre no-judíos y judíos, así como las relaciones sexuales extramatrimoniales entre ellos. Esta normativa se aplicó también a los matrimonios entre alemanes y gitanos o negros. Las infracciones a la ley se castigaban con prisión o penitenciaria. De vez en cuando grupos de nazis exaltados secuestraban a matrimonios mixtos y los hacían pasear por las calles de las ciudades alemanas con carteles insultantes para denigrarlos, reprochándoles la contaminación de la sangre aria. En la noche del 9 al 10 de noviembre de 1938 grupos nazis, con la complicidad de las autoridades, salieron a las calles de toda Alemania provocando saqueos de tiendas y negocios de judíos, destruyendo sinagogas y agrediendo a la población hebrea. Unas 7.500 tiendas fueron saqueadas, dejando cuatrocientos judíos muertos, y unos treinta mil varones encarcelados durantes meses en campos de concentración. Fue recordada como la noche de los cristales rotos (Kristallnacht), por el ruido de las vitrinas al romperse. El Endlösung, la solución final del problema judío para los nazis ya había comenzado en los años treinta.

En la primavera de 1940 los primeros presos procedentes del campo de concentración de Dachau llegaron a Auscwhitz para inmediatamente ser empleados en la construcción del campo. Rudolf Hoess fue nombrado primer comandante de Auscwhitz. Por aquel entonces las cosas le iban muy bien al ejército alemán. Todavía no se había embarcado en la guerra contra la unión soviética, lo que provocaría su derrota posteriormente. En marzo de 1941 el jefe de las SS Heinrich Himmler llegó para inspeccionar el campo dando la orden a Rudolf Hoess, de ampliar el recinto. Auschwitz I debería acoger a 30.000 presos, mientras que Auscwhitz II a 100.000.

El envenenamiento por monóxido de carbono no le pareció un método muy eficaz a Rudolf Hoess. Por eso, en agosto de 1941 y siguiendo instrucciones del führer, Heinrich Himmler le ordenó personalmente que diera las órdenes oportunas para llevar a efecto el asesinato en masa de los judíos. Se estaba empezando a poner en funcionamiento la máquina de matar alemana. Por ello, al construir en Auschwitz las instalaciones de exterminio, recurrió al Zyklon B, ácido prúsico en cristales que se dejaba caer en la cámara de la muerte por una pequeña abertura.

Se necesitaban de tres a quince minutos para matar a los detenidos encerrados en la cámara de gas, según las condiciones climáticas. Sabían que habían muerto cuando cesaban de oírse sus gritos. Normalmente, esperaban media hora más antes de abrir las puertas y retirar los cadáveres. Una vez retirados los cuerpos, los Komandos especiales arrebataban a las víctimas sus anillos y dientes de oro. Posteriormente el oro se fundía y se enviaba al Negociado Médico Central de las SS de Berlín.

Una de las mejoras de las instalaciones en relación con las de Treblinka fue la construcción de cámaras de gas capaces para dos mil personas, mientras que las diez de Treblinka no permitían acoger a más de doscientas en conjunto. Para elegir a sus víctimas dos médicos de las SS se encargaban de examinar la llegada de nuevos prisioneros. Estos tenían que desfilar ante uno de los galenos, quien tomaba la decisión instantáneamente. Los apropiados para trabajar eran enviados al campo; los demás eran conducidos inmediatamente a las instalaciones de exterminio. Los niños eran todos ejecutados, dado que no podían trabajar. Rudolf Hoess creía una desventaja el que en Treblinka las victimas casi siempre supieran que iban a ser asesinadas, mientras que en Auschwitz las engañaban, diciéndoles que iban a ser sometidos a una desinsectación.

El campo de Auschwitz se hallaba a unos tres kilómetros del pueblo más próximo. Se habían evacuado de habitantes unos 30.000

acres de terreno y a ellos sólo tenían acceso los SS y los empleados civiles provistos de un salvoconducto especial. El complejo llamado Birkenau, donde luego se construiría el campo de exterminio, se hallaba a dos kilómetros de distancia del campo de Auschwitz propiamente dicho. En lo que se refiere a las instalaciones del campo, o mejor dicho, a las instalaciones provisionales utilizadas al principio, éstas se encontraban en medio del bosque y no podían verse desde fuera. Además, toda la zona había sido declarada "área militar" y a ella no tenían acceso ni siquiera los miembros de las SS que no dispusieran de un pase especial.

El nombre de Auschwitz derivaba del polaco Oswiecim. El campo estaba situado a sesenta kilómetros de Cracovia. Su creación fue decidida a finales de 1939 y la organización fue confiada a un favorito del nazismo, el coronel de las SS Rudolf Hoess, nombrado oficialmente comandante el 4 de mayo de 1940. Procedía de Sachsenhausen, donde había desempeñado el cargo de Vicecomandante desde 1938. En 1934, en su calidad de Blockführer, había estado en Dachau. Conocía muy bien su trabajo, sobre todo en lo tocante a la solución final del problema judío.

IV

Los primeros días fueron los peores para Kazik. Nada mas tatuarle el número de identificación en el brazo tuvo que aprender a convivir con la nueva situación. Ya no tenía nombre, ahora era un número que los SS se encargaban de recordárselo todos los días. Cuando iba a comer tenía que enseñar el número, si no le negaban la comida. Y hasta que aprendió a identificarse recibió no pocos puñetazos y bofetadas. Al final siempre se aprende o se muere.

La falta de comida era una de las características principales de Auschwitz. Todos los prisioneros del campo llevaban en sus rostros la cara del hambre y la desnutrición. Como santos anoréxicos se paseaban todos los días buscando algo que llevarse a la boca.

El hambre llegaba a convertirse en el principal problema de los presos. El régimen alimenticio, diseñado y planificado hasta el último detalle, se basaba en una sopa totalmente insulsa, con patatas o mondas de patatas, nabos y otros ingredientes para el almuerzo; medio litro de sucedáneo de café o te sin azúcar para el desayuno y de cena trescientos gramos de pan con veinticinco gramos de fiambre o margarina, cuando lo había y una cucharada de mermelada o queso. Eso era lo estrictamente oficial. A los presos que realizaban trabajos duros se les añadía un suplemento a base de pan, margarina o fiambre. Pero sucedía muchas veces que los alimentos estaban caducados o deteriorados.

Cuando los presos querían desayunar al día siguiente algo más que el café o el té que les correspondía, tenían que reservar una parte de la ración de pan de la cena. Las calorías de una cena se aproximaban a las 900 o 1000 calorías.

A las pocas semanas los internos padecían un estado de total agotamiento. Las raciones escasas y el estrés que se producía al esperar la comida en la interminable cola hacían mella en sus cuerpos. Un solo preso funcionario era el encargado de distribuir la comida a cientos de internos, por lo cual, los que estaban al final de la cola, ya de por sí bastante debilitados, muchas veces no recibían sustento alguno. Algunos de los presos solían llegar a un acuerdo verbal con los presos-funcionarios, o con algún miembro de las SS, tratándoles con preferencia en el racionamiento de las comidas.

Cuando se quería escarmentar a los presos una de las armas favoritas de los dirigentes de Auschwitz era disminuir las raciones, o en el caso extremo suprimir totalmente la comida. La esperanza de vida de un preso cualquiera del campo se reducía todos los días por las raciones paupérrimas y el trabajo forzado a que se veían sometidos incluso cuando la salud les abandonaba.

Cuando ya estaba a punto de convertirse en un muselmanner, Kazik vio la luz al final del túnel. Fue algo así como una experiencia mística. Ese día estaban buscando gente para trabajar en el almacén, en ese momento estaba a punto de desfallecer. Había perdido todas las esperanzas de mantenerse con vida pero con dignidad. Por eso cuando lo eligieron de entre un grupo nutrido de presos se le abrió el cielo.

- Adonde vamos, preguntó a uno de los prisioneros

- ¿No lo sabes?, contestó él,

- Puedes considerarte afortunado, porque vamos al almacén, le dijo su nuevo compañero de trabajo que acababa de conocer. Es un trabajo duro, pero, al menos, no está al aire libre, en plena helada, sufriendo los rigores del invierno polaco. Vas a tener un techo sobre tu cabeza.

Acostumbrado como estaba a trabajar al aire libre, con la nieve cayendo a su alrededor, trabajar bajo techo era una bendición. Algunas semanas más y probablemente estaría abocado a la muerte. Muselmanner era una palabra que los guardias del campo de concentración de Auschwitz utilizaban con frecuencia. Se refería a los reclusos que habían alcanzado tal grado de inanición que estaban persuadidos de que no serían capaces de sobrevivir durante mucho tiempo. Era una metáfora, el nombre hacía alusión a la postura encorvada que solían mostrar los musulmanes cuando rezaban mirando hacia la meca.

A las personas más abatidas y derrumbadas por la vida en el campo se les llamaba muselmanner. El musulmán era un despojo de ser humano, desanimado, derrumbado, una víctima del exterminio nazi. La comida que recibía el preso era un engañizo, algo que parecía alimento, pero que en realidad sólo servía para prolongar la agonía de los prisioneros que morían irremediablemente a las pocas semanas. El hambre endémica provocaba un debilitamiento físico general. El preso sufría una pérdida de musculatura, y sus funciones vitales se reducían al mínimo vital. El pulso se alteraba, la presión arterial y la temperatura disminuía, temblaban de frío. La respiración era más lenta, la voz se hacía inaudible, y cada paso que daban implicaba un penoso sacrificio.

Los muselmanner son los hombres que han perdido la condición de seres humanos, a los que ni siquiera se les puede dirigir la palabra porque viven en otro mundo. Viven obsesionados con la alimentación y sólo se acuerdan de lo bien que comían en su tierra natal. La comida se ha convertido para ellos en una obsesión. Ni siquiera es aconsejable hacerse amigo suyo. No tienen contactos que puedan interesar, no están organizados. Saben que les queda poco tiempo de vida y lo único que hacen es acortar su existencia esperando la muerte lo antes posible. La mayoría no tiene oficio conocido, para qué, ni siquiera parece que estén vivos, pedazos de carne colgando de un cuerpo consumido que cada vez se parece más a un esqueleto. Son simples obreros cuya utilidad en el campo es nula, de ahí que mueran en masa. A los dirigentes del campo tampoco les interesa mantenerlos vivos, hay que dejar paso a los nuevos condenados a muerte. Sólo es cuestión de tiempo, dentro de pocos meses los recién llegados estarán igual que ellos, y rogarán a Dios para que los lleve a su presencia. En el límite de la extenuación y el agotamiento no son capaces de actuar para sobrevivir. Tal y como haría cualquier persona normal desde la noche de los tiempos, llegando al abandono de si mismo, de su propia supervivencia.

Desgraciadamente, no era la primavera vez en la historia de la humanidad, que un grupo de seres humanos se enfrentaba a tan tremenda situación. El hombre siempre ha evolucionado en el orden científico, mas no así en el humano.

Cuando se sumaba la diarrea provocada por el hambre, el decaimiento general se producía aún más rápidamente. Los gestos se volvían nerviosos y descoordinados. Cuando permanecían sentados, el tronco se tambaleaba con movimientos incontrolados; a la hora de caminar ya no eran capaces de levantar las piernas. La desorganización y la desorientación estaban a la orden del día dentro del campo.

El muselmanner ya no era dueño de su propio cuerpo. Le salían edemas y úlceras, estaba sucio y olía mal. Extremadamente delgado, la mirada apagada, la expresión indiferente y triste, los ojos profundamente hundidos, el color de la piel gris pálido se iba haciendo transparente y seca, como de papel, y terminaba pelándose. El cabello se volvía duro, tieso, sin brillo, y se partía con facilidad. La cabeza parecía aún más alargada al sobresalir los pómulos y las órbitas de los ojos, fruto de la delgadez. También las actividades mentales y las emociones sufrían un retroceso radical. El preso perdía la memoria y su capacidad de concentración. Todo su ser se concentraba en una sola función: la alimentación. Las alucinaciones provocadas por el hambre disimulaban el hambre atormentadora. Sólo registraba lo que se le ponía directamente delante de los ojos y sólo oía cuando le gritaban. Se resignaba sin resistencia alguna a los golpes. En la última fase, el preso ya ni siquiera sentía ni hambre ni dolores. Había llegado su hora. El musulmán moría en la miseria cuando ya no podía aguantar más sufrimiento. Personificaba la muerte en masa por inanición, el asesinato psíquico y el abandono, un zombi en definitiva.

V

Kazik pensó que le habían enviado directamente al cielo.

Piechowski se había unido a la nueva brigada laboral y cuando estaban cruzando la entrada del recinto donde iban a desempeñar su trabajo no pudo esperar a que el Kapo de turno le diese órdenes.

Cuando llegaron al almacén lo primero que hizo fue transportar un montón de pesados sacos de harina. Estaba ensimismado en su tarea cuando de pronto observó como uno de sus compañeros empezó a golpear uno de los costales. El contenido empezó a derramarse de inmediato.

Piechowski le miró a la cara. No daba crédito a lo que estaba viendo. Se habrá vuelto loco, pensó.

- ¿Qué haces?, dijo

- Buscando nuestro sustento, contestó

Kazik seguía sin entender nada.

- Cuando cargamos un vagón de mercancía golpeamos algún que otro saco para derramar el contenido. Y no es que nos hayamos vueltos unos insensatos. Los guardias cuando los ven nos ordenan que nos deshagamos del producto defectuoso. Pero nosotros, en lugar de arrojarlo a la basura, lo mezclamos con agua y hacemos pasta.

Por primera vez desde que llegó al Lager vio con claridad su idea de fugarse. Antes su única preocupación era matar el hambre que le invadía todos los días, para poder sobrevivir, y que le impedía dormir profundamente por las noches. A punto había estado de cruzar esa frontera imaginaria que separaba a los esperanzados de los musulmanes. Pero ahora lo veía con claridad. Una vez resuelto el problema de la alimentación podía pensar con lucidez la manera de escaparse con éxito del campo de concentración de Auschwitz.

El lugar no era el sitio más apropiado para diseñar un plan. En los barracones comunes el espacio era escaso. Había ciento cuarenta y ocho literas de tres pisos, dispuestas apretadamente como las celdas de una colmena, de tal forma que se aprovechaban todos los metros cúbicos, hasta el techo, y separadas por tres pasillos.

En ese espacio tan aprovechado la intimidad era algo inexistente. Los blocks comunes utilizados para viviendas estaban divididos a su vez para su uso en dos. En el primero de ellos vivía el jefe del barracón con sus colaboradores más inmediatos, y era lo más parecido a un hogar. Sillas, bancos, una amplia mesa rectangular, fotografías en vez de cuadros, carteles en la pared con recomendaciones y en un extremo una gran vitrina con los instrumentos de tortura. El resto del barracón era el utilizado por los presos como dormitorio. Ciento cuarenta y ocho literas de tres alturas, encajadas perfectamente como si de un panal de abejas se tratase para aprovechar al máximo el poco espacio disponible. Tres pasillos estrechos en los que difícilmente pueden transitar dos internos. Y no digamos el suelo, son tan escasos los metros cuadrados que si entrasen todos los habitantes del dormitorio no podrían permanecer todos de pie, a no ser que la mitad se echasen en las sucias literas, donde unas tablas de madera en movimiento, cubiertas de un pequeño saco de paja, junto con dos mantas, hacen las veces de colchón.

La vida dentro del barracón era lo mas parecido a estar en el infierno. Los presos, desnutridos y desmoralizados caían todos los días victimas de los kapos que los controlaban o de los SS. Los primeros kapos que llegaron a Auscwhitz procedían de Alemania. Eran treinta criminales que habían sido trasladados del campo de concentración de Sachsenhausen. Serían los primeros kapos de Auscwhitz, haciendo una labor mediadora entre los SS y los presos, al principio en su mayoría polacos. Gritando a voz en cuello no tardaban en usar sus bastones para imponer su autoridad, llegando a apalear hasta la muerte a más de un recién llegado por retrasarse en bajar del tren del ganado.

VI

El grupo de campos de Auschwitz, instalado en una zona próxima a cuatro arterias ferroviarias, comprendía a su vez otros tres: Auschwitz-I (Auschwitz), Auschwitz-II (Birkenau) y Auschwitz-III (Monowice). Estaba en proyecto la realización del Auschwitz-IV, pero la derrota del Tercer Reich no lo permitió. El Auschwitz-I era el Stammlager y el centro administrativo de las dependencias. En 1943 llegó a alojar a más de 140.000 deportados. Las cámaras de gas, camufladas de duchas, estaban en el bloque 11. La primera de ellas fue instalada cerca del primer horno. Tenía puertas herméticas en dos lados y ocupaba una extensión de sesenta y cinco m2. Más adelante se instaló la segunda, en una vieja casa de colonos y recibió el nombre convencional de Bunker II. Una tercera se levantó a dos kilómetros de la primera, y fue llamada Bunker I. Los hornos crematorios (Krematorium) eran cuatro: Los dos primeros se construyeron en el invierno de 1942-43 y los otros dos, seis meses más tarde. Los cuatro hornos tenían cámaras de gas anexas y recibieron la denominación II, III, IV y V. Los hornos II y III tenían un subterráneo (Leichenkeller 1 y 2) destinado al gaseado. El primero medía 240 m2, con una altura de 2,40 m.; el segundo, 400 m2, con una altura de 2,3 m. Los crematorios IV y V poseían dos locales de una extensión de 580 m2 cada uno, denominados convencionalmente Badeanstalt fürsonderaktion.

A la inauguración de los hornos I y II acudieron desde Berlín personalidades del gobierno, con Himmler a la cabeza. La prueba se hizo con 8.000 judíos de Cracovia. La puesta en funcionamiento de los crematorios III y IV – construidos con materiales más baratos, lo que los inutilizaba tras un período de intensa actividad, y más frágiles ante los sabotajes del Sonderkommando- hizo necesaria la creación de un total de 46 hogares, con una capacidad destructiva de 12.000 personas al día. En cada hogar se introducían de tres a cinco cadáveres cada vez. El tiempo necesario para quemarlos era de media hora. El trabajo estaba facilitado por un montacargas eléctrico del que se hallaban provistos los crematorios II y III. Los cadáveres para los hornos crematorios IV y V eran transportados por medio de unos ganchos. Los huesos eran triturados, amontonados en camiones y transportados a las orillas del Vístula ó de Sola, donde eran abandonados en la corriente. A veces se utilizaban para desecar aguazales y zonas pantanosas.

La vida de los sonderkommandos era un poco mejor que la de los presos comunes. Su alimentación difería lo suficiente para que pudieran desempeñar su trabajo con la mayor energía y eficiencia posible. Aunque era una labor muy desagradable. Las cuadrillas de trabajo tenían que vaciar las duchas una vez producido el gaseamiento. Después, los cadáveres eran transportados a los hornos crematorios donde los cuerpos eran quemados hasta quedar sólo los huesos, para luego triturarlos y esparcir las cenizas en los bosques cercanos. El calor dentro del recinto donde se incineraban los cuerpos era insoportable, lo mas parecido a estar en el seol, el infierno en la misma tierra. Al mismo tiempo los sonderkommandos eran apartados del resto de presos de Auscwhitz para que no tuvieran ningún tipo de relación y nadie se enterara del tipo de trabajo que realizaban. Pero esta fidelidad no les garantizaba la vida. Cada cierto tiempo los sonderkommandos eran asesinados para impedir que pudieran contar al resto de internos del campo el escenario de horror que estaban viviendo.

Después de ser detenido por los ingleses Rudolf Hoess declaró que durante todo el período, hasta 1944, se realizaron, con intervalos y varios países europeos, una serie de operaciones que no permitían hablar de una afluencia continua de transportes. Existían períodos críticos que duraban de cuatro a seis semanas, durante los cuales llegaban dos o tres trenes al día, con dos mil personas cada uno. Los trenes se detenían en la estación de Birkenau, donde se separaban las locomotoras para partir de nuevo. El personal de escolta que había acompañado a los prisioneros tenía que partir también, y los detenidos quedaban en manos de los guardianes del campo. Luego eran examinados por dos médicos del campo. Oficiales de las SS, quienes decidían su destino. Los internados que eran considerados aptos para el trabajo eran trasladados inmediatamente a Auschwitz o Birkenau, y el resto conducidos a las instalaciones provisionales y a los crematorios.

Eran unos setenta los hombres encargados de recibir los transportes y llevar a los internados inútiles para el trabajo a las cámaras de gas, como sí de seleccionar ganado se tratase. Se trataba de un grupo compuesto por unos diez oficiales y suboficiales, así como médicos y personal sanitario. Todos ellos habían recibido órdenes orales y escritas de guardar la más absoluta reserva sobre todo lo que sucedía en el campo. Cualquiera que hubiera visto aquello todos los días podría haber pensado: ¿adonde iría a parar tanta gente?

Los vagones se hallaban completamente cerrados y era imposible ver desde el exterior qué contenían. Sólo alguna pequeña ventana con alambre de espino resurgía en algún que otro vagón, dejando a la vista las tristes caras de los deportados.

VII

Eugeniusz Bendera, al que todos le conocían por el apelativo de Genek, había trabajado toda su vida como mecánico de coches. Su vida transcurrió con normalidad hasta que llegó la invasión de la unión soviética por parte de la wehrmacht. El origen de sus padres le delató y no tardó en ser capturado y dirigido al campo de concentración de Auschwitz. Había dejado atrás a su querida esposa, que se salvo in extremis debido a su procedencia eslava. Al principio lo nazis sólo estaban interesados en el pueblo hebreo y algunas otras minorías étnicas como los gitanos a los que consideraban antisociales. También estaban interesados en liquidar a los comisarios políticos, siendo este uno de sus objetivos prioritarios.

El mismo día que tomaron su pueblo los Einsatzgruppen fijaron una proclama en el ayuntamiento, ordenando la presentación en el mismo lugar de todos los judíos, gitanos y demás miembros no arios de la zona, excluidos los eslavos, para proceder a su reasentamiento.

Bendera no se lo creyó. Y después de despedirse de su mujer huyó hacia el interior de Ucrania, pero el imparable avance alemán en los primeros meses de la operación Barbarroja provocó su detención en un simple control de carretera. A pesar de todo había acertado en su decisión, aunque nunca sospechó que lo único que había conseguido era aplazar su sentencia de muerte. Todos los que se presentaron en la plaza del ayuntamiento fueron conducidos en camiones hacia un lugar apartado del término municipal y disparados sin piedad. Antes de ser asesinados, a los hombres más fuertes se les obligó a cavar una amplia zanja donde después dar sepultura a los desdichados habitantes del pueblo que habían sido capturados con engaños.

Los Einsatzgruppen normalmente seguían a los ejércitos de la wehrmacht, entrando en las ciudades y pueblos donde se sabía que vivía un gran número de judíos. Una vez dentro, clasificaban a la población entre judíos y no judíos. Los que se negaban a colaborar eran ejecutados al instante.

El procedimiento que seguían era muy simple. Las unidades Sonderkommando de los Einsatzgruppen eran enviadas con las unidades militares avanzadas para coordinar las ejecuciones y concentrar a la "población hostil" en edificios o instalaciones locales. Entonces llegaban los Einsatzkommando y ejecutaban a los judíos y comunistas. Los asesinatos seguían diversos patrones y métodos. En áreas urbanas conquistadas en Europa, muchos judíos eran asesinados en lugares cercanos, como bosques o dentro de edificios. Los judíos restantes eran reunidos en guetos. Las muertes en estos últimos lugares por enfermedades y malnutrición eran considerables, y periódicamente grupos de judíos eran deportados a campos de exterminio. En pequeñas zonas rurales o de batalla, los judíos eran rápidamente dirigidos hacia su muerte en bosques e iglesias, en las cuales estaban junto a las víctimas de la guerra. En grandes ciudades o zonas de batalla, los Nazis creaban un pequeño comité de 8 o 12 judíos importantes, conocidos como Judenrat (literalmente consejo de judíos), quienes serían requeridos para la "recolocación judía". Les dejarían marchar cuando todos ellos (incluidos los Judenrat) cavaran una fosa o trinchera en la que serían ejecutados. Después de sacarlos de sus pueblos los colocaban, de pié, junto a la zanja profunda y ancha, de tal modo, que al ser fusilados cayeran directamente al interior sin necesidad de mover un solo dedo.

También existían alternativas a las armas de fuego. Por ejemplo, las granadas de humo usadas por el Einsatzgruppe D y el Einsatzkommando Kulmhof en Chelmno. Otra alternativa consistía en encerrar a los judíos en edificios abandonados y derribarlos, pero ésta era más rara.

Los que eran reunidos serían destinados a lugares a las afueras de la ciudad o pueblo, en pequeños hoyos, fosas o zanjas, donde los ejecutores esperaban la orden de matarlos con ametralladoras o disparos de pistola en la nuca. Los asesinos se hacían con las prendas y otras pertenencias de las víctimas que querían. Algunos eran obligados a desnudarse justo antes de la ejecución. Una vez muertas, las víctimas eran enterradas en fosas con palas y excavadoras. Algunos no estaban muertos, sólo heridos, y eran enterrados vivos.

Para conjurar la amenaza que suponían los judíos de la unión soviética, Hitler ordenó crear cuatro grupos especiales de operaciones, similares a los del Servicio de Seguridad y Policía de Seguridad que actuaron tras la anexión austriaca e invasión de Polonia. Su misión principal consistió en eliminar a los denominados "enemigos del estado" desde un poco mas atrás de la primera línea del frente. Sus acciones ejecutadas sin el más mínimo pudor provocaron la muerte de quince mil judíos e intelectuales.

Unos días antes de la invasión de la unión Soviética los mandos de las Einsatzgruppen recibieron órdenes de Heinrich Heydrich en las que se especificaba que su misión era asesinar a políticos comunistas, comisarios políticos y judíos al servicio del partido o el estado. Para Hitler la vinculación entre el sionismo internacional y el comunismo era evidente, y una obsesión.

No tardó en correr la sangre. El 23 de Junio, el grupo especial de operaciones A, vinculado a grupo de ejércitos del norte, conformado por un millar de soldados, y encabezado por el general de policía y Brigadeführer de las SS, Walter Stahlecker, consiguió llegar a la localidad de Kaunas en Lituania. Nada mas llegar se lanzaron progromos contra la población judía. Los lituanos que acababan de salir de las cárceles estalinistas comenzaron a apalear a los judíos que veían en las calles hasta lincharlos por completo. Para acabar la representación uno de los que habían ejecutado la masacre se subió a lo alto de los cadáveres, como si de un trofeo de caza se tratase, y sacando un acordeón, entonó el himno nacional lituano.

Genek todavía no había podido comprender como Dios le había perdonado temporalmente la vida para luego llevarlo a morir a un lugar tan siniestro como Auschwitz.

Unas semanas después de que Piechowski accediera a trabajar en su nuevo Sonderkommando coincidió con él. De vez en cuando era llevado a colaborar en la misma brigada.

Genek añoraba su Ucrania natal. Más de una vez pensó que no volvería a ver los verdes abedules y las vastas extensiones de la estepa. Siempre le quedaba la esperanza de regresar algún día y reencontrarse con su querida Natascha. Pero su esperanza se desvaneció cuando otro de los presos que apenas conocía le dijo que estaba en la lista de los condenados a muerte. Klaus, comparado con él era un privilegiado. Trabajaba con los nazis en la administración del campo y compartían su afición por las cuatro ruedas.

Sólo fue una confirmación. Él ya se había dado cuenta de su destino, igual que la mayoría de presos de Auschwitz, la diferencia era que el evento se podía producir en escasos días, semanas o meses. El objetivo primordial de Auschwitz era provocar un desgaste físico sostenido en el tiempo para que así los más fuertes sobrevivieran, y la inmensa mayoría pereciera. La selección natural provocada fruto de la ideología de Nietzsche, filósofo precursor del nazismo que propugnaba la construcción del superhombre, un mundo donde los débiles no tuvieran cabida.

Cuando se enteró de la noticia por labios de su confesor estuvo horas y horas pensando en el poco tiempo que le quedaba de vida. Sabía por los meses que llevaba en el campo que cuando a alguien le apuntaban era como si le situasen en un paredón, esperando el momento propicio para ser fusilado. Algo que por otra parte se podía producir en cualquier momento.

Esa misma jornada estuvo toda la noche sin poder pegar ojo. Cuando amaneció volvió al trabajo como todos los días. Al ver a Kazik no pudo contener las palabras y le preguntó:

- Me he enterado que estoy en la lista de los condenados a muerte

- ¿Seguro?, preguntó

- ¿Qué hago, Kazik?, estoy en la lista negra.

- No puedo hacer nada por ti, sentenció

Genek no iba a hacerle caso. Pensó por unos instantes en su paso por el ejército soviético allá por su juventud. Allí le habían enseñado que la primera obligación de cualquier preso es escaparse. Y a eso se aferró, a esa idea idealista e imaginaria y casi utópica de la evasión, casi imposible de poder llevarla a cabo en un campo de la muerte como Auschwitz, que si por algo se caracterizaba era por su seguridad. Él, como todos los presos, no tenía conocimiento de que alguien hubiera podido evadirse anteriormente.

¿Y sí nos fugamos?, dijo Genek

Desde que habían llegado al campo de concentración de Auscwhitz todo habían sido palizas y maltrato.

Y lo peor no era la estancia en Auscwhitz, sino la propia cárcel interior en la que convivía cada preso del campo. Una vez que se había perdido la esperanza de vivir la muerte era contemplada como una liberación del alma. La reducción a la nada de la personalidad del hombre, ese era el objetivo final de Auscwhitz. Y eso era algo que se cumplía a la perfección, no sólo para los internos sino también para los guardianes. Ellos ya estaban adoctrinados al llegar al campo y sólo tenía que pasar unos pocos meses para que su ideología se afianzase y perdieran cualquier señal de humanidad. La vida en Auscwhitz sólo servía para incrementar la inhumanidad de todos aquellos desdichados que por una u otra razón se veían obligados a convivir en el campo. Todos sufrían una profunda modificación de su personalidad. Lo único importante era la supervivencia pura y dura, y para ello los sentimientos humanos casi desaparecían. La sensibilidad, la educación, todo pasaba a un segundo plano frente a lo verdaderamente importante: el sustento diario, el sobrevivir frente al frío y los golpes de los vigilantes.

Cuando los confinaron en aquel vagón de ganado eran unas cuarenta y cinco personas. Sucio, pequeño, apenas había espacio para moverse, y no digamos dormir. Sólo se podían sentar, echarse era una tarea imposible. Parecía una de esas cárceles abarrotadas del tercer mundo. Sin agua, nadie había pensado en ello, cuando llegaron a Auscwhitz el ochenta por ciento de los individuos que iban en aquel tren de la muerte fallecieron el mismo día en las cámaras de gas, o al día siguiente. Algunos ni tan siquiera llegaron, murieron en el trayecto.

Nada mas bajar del tren los hicieron formar a toda prisa. Un oficial y un suboficial de las SS empezaron a preguntarles si podían trabajar. A muchos ni les interrogaban: ancianos y niños, los mandaban directamente a la gas kammer. Ese fue su salvoconducto, si hubieran dicho que no esa misma noche los habrían liquidado.

La puerta del vagón se abrió con fuerza. Enseguida comenzaron a escuchar los gritos de los oficiales alemanes. Raus, Raus, vociferaban. El andén estaba ampliamente iluminado por grandes focos de luz para impedir cualquier intento de fuga. Una vez fuera del tren el silencio se adueño de la estación. Schnell, Schnell gritaron, por si quedaba alguien todavía dentro del tren. Había que dejar las pertenencias en el andén.

Después comenzaron a preguntarles para hacer la selección. A los ancianos y a los niños ni tan siquiera eso, los mandaban directamente hacia el otro lado. Muchos pensaban que los enviarían a otro campo diferente, pero se equivocaban. Lo que pocos sabían era que iban a morir en unas cuantas horas.

Todos esos recuerdos seguían presentes. El trauma del arresto y traslado al campo se avivaba cada vez que tenían algún contratiempo. Y eso en Auschwitz sucedía todos los días.

Una estancia cuadrada, de más de dos metros de alta, seis de larga y seis de ancha. Las paredes, el techo y el suelo son de cemento gris. No hay perchas ni nada que haga que el habitáculo se parezca a una ducha. La única puerta de esta estancia se cierra herméticamente, y sólo desde el exterior, con fuertes cerrojos de acero. En las paredes se encuentran tres aberturas, por dos de las cuales asoman tubos. La tercera es una ventanilla cuadrada con rejilla de acero fijada al muro y un cristal bastante grueso por la parte de afuera, inalcanzable a través de la rejilla. Saliendo de la puerta nos encontramos con un pequeño cuarto al que da la ventanilla. Aquí está el interruptor de la luz y desde aquí puede verse el interior de la estancia grande. En las cámaras de gas se hacía entrar a las personas desnudas y se las colocaba una junto a la otra para que no ocupasen mucho espacio. En aquella estancia de unos cuarenta metros cuadrados se amontonaban así cerca de 250 personas.

El equipo especializado, con máscaras de gas, cierra la puerta y vierte los cristales de Zyklon B por las tuberías. Esos pequeños cristales azules que parecen inofensivos, desprenden al contacto con el oxígeno un gas tóxico que actúa sobre todos los centros nerviosos del organismo. El especialista de las SS echa el Zyklon B en las tuberías y, con la luz encendida para controlar todo el proceso, observa tranquilamente cómo les sobreviene la muerte a aquellos infelices. La muerte les llega a los pocos minutos. Al morir, los prisioneros no caen al ardiente suelo. La estancia a rebosar, está tan llena que los muertos permanecen de pie.

El campo está rodeado de dos filas de postes de cuatro metros de altura, unidos por alambre de espino. Entre las dos filas de postes queda un espacio de dos metros de terreno, atravesado en diagonal por un cable que conduce corriente eléctrica.

El crematorio está construido de manera que se puedan quemar los cadáveres en cuarenta y cinco minutos. Pero los alemanes conocen muy bien el sistema de hacerlos arder más de prisa. En vez de cuarenta y cinco minutos emplean veinticinco, e incluso menos. Para ello la temperatura en el interior del horno crematorio debe subir a 1.500º.

En los barracones que sirven de almacén para los utensilios de los gaseados se ven zapatos gastados por el uso, zapatos de hombre y de mujer, de niños, miles de zapatos de infantes de diez, ocho, seis y hasta de un año de vida. Es muy difícil imaginar un espectáculo tan impresionante. Atravesando la montaña de zapatos se percibe de forma inequívoca la fiesta macabra que hiere la sensibilidad del observador. Allí se encuentran bien ordenados millares de suelas y millares de trozos de cuero. Todo está bien clasificado. A un lado, los zapatos ya inservibles. Al otro, las suelas. Al otro, los tacones. También este almacén, como todo en el campo, tiene su objetivo utilitario. Nada debe perderse: ni vestidos, ni huesos ni cenizas.

En otra parte del campo se encuentra otro negociado del exterminio. En diez grandes pabellones y diez pequeñas cámaras se catalogan cuanto se ha quitado a las víctimas. En el primer pabellón hay decenas de millares de vestidos de mujer. En el segundo, pantalones y rompa blanca. En el tercero, millares de bolsos. En el cuarto, ropa de niño. En el quinto, sombreros y gorras. Y así sucesivamente en el resto de pabellones.

Todos los prisioneros del campo de concentración de Auschwitz deben morir, ya sean civiles o de guerra, judíos, polacos, rusos, ucranianos, minorías étnicas. Nadie puede contar lo que sucede. Los muertos no hablan. Como mucho las noticias de los campos de la muerte pueden llegar a las poblaciones circundantes. A la gente le da miedo el olor a cadáveres, que es especialmente intenso en los días de grandes ejecuciones. Al quemar los cuerpos sus almas salen a la atmósfera transformadas en humo maloliente. Desde lejos se ve el humo de los hornos crematorios durante semanas y semanas, sin interrupción. Y eso a la gente le intimida y provoca el efecto paralización de las masas. ¿Quién va a atreverse a actuar con tal poderosa máquina de guerra mortal? Todos esperan que el ejército rojo avance con prontitud y libere Polonia, los aliados están todavía muy lejos, ni tan siquiera han puesto el pie en Europa.

VIII

Son las cuatro de la mañana cuando un empiezan a oírse los gritos de los kapos llamando a levantarse. El olor a muerte de los hornos próximos se combina con la humedad y el rocío de la noche produciendo un hedor insoportable. Todos los que pueden salen corriendo a la plaza donde los oficiales pasaran lista. Esos lo mas privilegiados, los demás, aquellos que no han podido ni tan siquiera levantarse irán directos a las cámaras de gas. Y los que han muerto en el barracón al horno crematorio. Todas las noches mueren cuatro o cinco presos víctimas del agotamiento, la mala alimentación, y las enfermedades.

El ver la muerte a diario les alentaba a seguir viviendo para escaparse del lager, pero habían topado con una dificultad añadida de antemano: los uniformes. No podían pasar por el control principal con el dril, el traje típico a rayas que usaban todos los presos.

La idea de fugarse quedó en suspenso de inmediato.

No sólo la comida les imposibilitaba la existencia, el vestuario también. El Drillich, traje a rayas tan parecido al de los presos de las cárceles norteamericanas, no les protegía del frío y al mismo tiempo les daba una identidad característica que englobaba todo lo negativo que el campo llevaba en sí. Para colmo de males los zapatos que les entregaban estaban desparejados. Un par tenía tacón y el otro no para así dificultar el movimiento y hacer más penosa la vida en Auschwitz. Caminar de ese modo era una tarea digna de atletas profesionales. Muchos de los internos se intercambiaban los zapatos, pero a pesar de eso las heridas en los pies aparecían y a los pocos días las extremidades se hinchaban, y el tener los pies hinchados significaba enfermedad y por lo tanto era el pasaporte directo a la cámara de gas.

La vida en comunidad se convierte en una actividad muy difícil de soportar, y en tiempos de guerra se transforma en sentencia de muerte porque la existencia no vale casi nada.

- Piechowski, gritó Hnilica

- Suba de inmediato a la segunda planta del almacén y tráiganos algunas cajas vacías, le dijo

En esos momentos Kazik compartía tanto o más la idea de fugarse como su compañero de presidio Genek. Y el desánimo estaba empezando a hacer mella en sus mentes.

Hnilica, era el kapo que estaba al mando de Kazik y cuando él ordenaba algo los presos le obedecían sin rechistar. Aunque los kapos no disponían de armas de fuego, tenían el respaldo de los SS, y todas las semanas había algún preso que moría victima de un disparo certero, sólo por el simple motivo de haberse atrevido a cuestionar una orden.

Estaba allí llevando cajas vacías donde les había indicado el jefe inmediato cuando de pronto observó como en una de las puertas de las dependencias aparecía colocado un cartel que decía: "Uniformes". Se paró en seco y pensó: ¿Y si entró a probar suerte?, a lo mejor no hay nadie. La idea de la evasión volvió a abrirse paso en su cabeza.

Lo peor que le podía pasar era que le cogiesen dentro. Siempre podría decir que se había equivocado de puerta, aunque eso no le privaría de la reprimenda, o lo que era peor, de una paliza casi segura. Para los guardianes nazis del campamento los presos judíos eran como animales.

No se lo pensó más veces y abrió la puerta. Kazik se la estaba jugando, pero a pesar de todo el deseo de evadirse era más poderoso que una muerte segura más o menos prolongada en el tiempo.

- Maldición, gritó para si

Estaba cerrada a cal y canto.

Bueno, pensó, ya probaré otro día.

Al cabo de una semana la suerte le sonrío. Casi todos los días se pasaba por el mismo lugar cuidando de que no le vieran, pero la puerta siempre estaba cerrada. Aunque ese día se la encontró medio abierta.

Cuando abrió la puerta se topó de repente con un miembro de las SS. Antes no podía pensar en otra cosa que no fuera en entrar en el recinto y comprobar que sucedía. Como era de esperar había alguien allí colocando un par de uniformes en un estante.

El SS recibió al intruso con inusitada furia y comenzó a golpearle.

- Cerdo, gritó

- Cerdo polaco, volvió a gritar mientras le daba algunas patadas

- Perro, siguió gritando y dándole cozes hasta que Kazik cayó al suelo

Él comenzó a protegerse instintivamente la cabeza con sus manos.

- ¿Es que no sabes que no tienes derecho a entrar aquí?, afirmó con rotundidad

- Vete ahora mismo a presentarte al despacho principal, puerco polaco, le ordenó el miembro de las SS

A gatas Kazik salió corriendo hacia el pasillo como si le fuera la vida en ello.

Cuando regresaba a su barracón después de recibir la soberana paliza oyó gritos angustiosos que provenían del bloque 10. Kazik se detuvo inmediatamente, no podía soportar esa expresión de dolor tan terrible. Contempló por unos momentos la construcción sin ver nada y después siguió su camino. Cuando se alejaba de la zona la percepción de aquellas exclamaciones de dolor dejaron de oírse y esa observación auditiva tan terrorífica, a la que había asistido sin quererlo, provocó en Kazik una determinación mucho mayor que la que tenía antes para llevar a cabo su plan de fuga, aún a sabiendas de que le podía costar la vida.

El famoso bloque 10, lugar siniestro donde los haya dentro del gran recinto terrorífico de Auschwitz, era el sitio donde el profesor Carl Clauberg realizaba una serie de experimentos de esterilización en mujeres. En una carta a Himmler del 7 de junio de 1943 escribió: "El método que he descubierto para esterilizar el organismo femenino sin operación ya está casi a punto. Consiste en una inyección en la entrada del útero, que puede realizarse en el curso de una visita ginecológica normal, visita que puede realizar cualquier médico. Al decir que el método se halla "casi a punto" quiero decir que:

1) únicamente hay que perfeccionarlo un poco,
2) ya puede ser adoptado, sustituyendo a las operaciones eugenésicas normales.

Hace un año que usted me preguntó cuánto tiempo se tardaría en esterilizar 1.000 mujeres con este sistema. Ya puedo dar un cálculo aproximado y creo que, si mis investigaciones continúan dando los frutos que han dado hasta el momento (y no hay motivo para pensar lo contrario), no está lejos el día en que un médico especializado, con diez ayudantes (el número de estos dependerá del ritmo deseado), esterilice varios centenares, tal vez mil mujeres al día".

Paeskizes había sido conducida fuera de la celda por un vigilante y entregada a un SS.

- No te van a hacer daño, le dijo

Claro que esta expresión pronunciada por un soldado de las SS era pura palabrería.

Paeskizes se echó encima de la cama. Inmediatamente uno de los médicos le arrojó éter en la cara. Ella trató de defenderse pero los demás eran mayoría y al final acabó siendo sometida. Cuando despertó se encontró en una celda junto con su hermana a la que también habían operado.

Comprobó como sus piernas estaban sujetas con abrazaderas metálicas. Y el dolor, un dolor insoportable que se prolongaría durante toda su vida.

Igual que ellas miles de presas eran obligadas a ponerse en manos del doctor Clauberg para proceder a la extirpación del cuello del útero. Después, sin proporcionarles ningún tipo de anestesia, les administraban varias inyecciones muy dolorosas, sujetándoles las manos y los pies y tapándoles la boca para que no gritaran.

Una vez acabadas las operaciones salían como si nada hubiera ocurrido del bloque 10 y volvían a sus tareas cotidianas, cantando y con una sonrisa en los labios. Para las que no cumplieran las órdenes que el doctor Clauberg les dictaba después, se les reducía la ración alimenticia y eran tratadas a patadas como si fueran perros durante algunos días.

Hitler estaba obsesionado con la eliminación de las razas consideradas inferiores. Y para ello cualquier medio era apto para tal fin. Por eso cuando los nazis descubrieron la imposibilidad de la eliminación material de todos aquellos elementos peligrosos para la pureza de la raza aria, comenzaron a probar con otros medios, como la esterilización en masa. En los lager se aplicaban tratamientos con rayos X que producían la castración con todas sus consecuencias.

Fuertes dosis de rayos X destruían la secreción interna de los ovarios y testículos. A dosis menores sólo se obtenía la suspensión temporal de la potencia sexual Entre los efectos de las radiaciones había que destacar la interrupción de las reglas menstruales, los fenómenos climatéricos, las modificaciones del sistema pilífero y del metabolismo. Para los hombres la radiación debía poseer una potencia de 500 a 600 r.; para las mujeres de 300 a 350 r. En principio, con un máximo de intensidad y mínimo espesor de filtro, bastaba con un tiempo de exposición de dos minutos para los hombres y tres para las mujeres, sobre todo si el sujeto se hallaba a poca distancia del centro de irradiación.

Y siempre sin saber lo que les sucedía, como en las cámaras de gas. Las SS lo habían organizado todo para que los individuos creyeran estar sometiéndose a un simple reconocimiento médico. Sólo los más avispados intuían que aquello era algo más, y que su salud se iba a ver resentida a partir de ese momento.

IX

En el verano de 1941 Rudolf Hoess fue citado por el Reichsfuhrer, en Berlín, por medio de su ayudante.

Acompañando de su pequeño sequito Rudolf Hoess se dirigió a la sede central de la GESTAPO en Berlín, situada en el número 8 de la calle Prinz Albrechtrasse; un edificio que antes había sido un teatro. A partir de 1934 los berlineses conocían vulgarmente el inmueble como la "casa de los horrores". Tanto la GESTAPO como las SS y la oficina superior de seguridad del Reich que albergaba los cuarteles generales administrativos de la policía secreta del estado, incluida la prisión de la GESTAPO se encontraban allí, a escasos metros de la calle Wilhelmstrasse o avenida principal de los ministerios alemanes.

Apenas le hizo esperar. Rudolf quedó impresionado por la majestuosidad del despacho del jefe de las SS. Aunque ya lo conocía de antes su sola presencia le maravillaba. Era uno de los dirigentes nazis a tener en cuenta y con el que nadie quisiera enfrentarse. Al entrar se saludaron como de costumbre estrechándose la mano,

En contra de lo que era costumbre en él, Himmler le recibió sin que se hallase presente ninguno de sus ayudantes y le dijo: "El

Führer ha ordenado que se proceda a la solución definitiva del problema judío y las SS son las encargadas de llevar a cabo esta orden. Los centros de exterminio que funcionan actualmente en territorio oriental no están capacitados, ni mucho menos, para afrontar las colosales acciones previstas. Para ello ha elegido Auschwitz, en primer lugar por su óptima situación desde el punto de vista de las comunicaciones y, en segundo, porque el territorio de este campo puede ser aislado y camuflado fácilmente. Para esta tarea había pensado en elegir a un alto oficial de las SS, pero, para evitar las dificultades iniciales debidas a la incompetencia, he abandonado esta idea y será usted el encargado de cumplir esta misión. Se trata de un trabajo duro y difícil que requiere una total entrega y una previsión de las dificultades futuras".

Después añadió: "Todos los oficiales que de un modo u otro participen en esta misión serán informados por mí a su debido tiempo. Tiene usted la obligación de mantener el más absoluto secreto sobre esta orden y ello es válido incluso ante sus superiores. Tan pronto haya hablado con Eichmann, envíeme los planos de las instalaciones previstas". Adolf Eichmann era el titular de la sección IV B4 englobada dentro del Grupo IV B, dirigido por Albert Hartl, de la policía secreta del estado alemán; encargado de los Asuntos Judíos y los asuntos relacionados con la evacuación. Los alemanes tenían fama de no dejar nada en manos de la improvisación, todo debía estar coordinado a la perfección.

Al regresar de su viaje a Berlín Rudolf Hoess tenía el convencimiento de que no iba a defraudar la confianza depositada en él. Si lo hacía defraudaría al mismísimo Adolf Hitler y eso significaría firmar su propia sentencia de muerte.

X

Se había arriesgado y lo había conseguido. Conocía muy bien lo que sucedía cuando algún preso informaba de algo inconveniente a las autoridades del campo. Lo primero que hacían era enviar al condenado a la brigada penal. Y una vez dentro la muerte le sobrevenía a las pocas semanas, sino antes. No había tenido proceso, ni sentencia, ni ejecución, ni tan siquiera jueces, ni abogados. La sola estancia en el lager era la peor de las condenas.

Solucionado el problema de la indumentaria ahora lo principal era elegir el día mas adecuado y la mejor forma de acceder al almacén sin ser descubiertos.

Genek le había comentado que la mejor jornada para llegar al recinto donde se guardaban los trajes era el sábado.

- Mañana me pasó por allí para comprobarlo, le dijo Kazik

Al día siguiente comprobó como efectivamente no había nadie en las inmediaciones. Era un día de descanso.

Piechowski se quedó observando el lugar. En ese momento una de las ventanas llamó su atención.

- Sí pudiéramos pasar por esa ventana no tendríamos que violentar la puerta y se notaría menos, pensó

Y efectivamente, la claraboya estaba unida por unos tornillos fáciles de manipular. La misma ventana formaba parte de una carbonera. Por allí se vertía el combustible a los depósitos situados en el sótano del edificio.

Piechowski desconocía todavía si el soldado de las SS se olvidaría del incidente. Sí lo dejaría pasar, o por el contrario, sí daría parte y entonces el castigo sería inevitable. Pero por fortuna para él habían transcurrido dos días y nadie le había comunicado nada. Lo más probable era que el soldado hubiera dejado pasar el suceso sin más. Al fin y al cabo los miembros de las SS estaban más que hartos de llamar la atención todos los días a un sinfín de presos.

Se acordó por un momento de que en el almacén no sólo se guardaban uniformes, también había material de guerra: granadas de fragmentación, amplia munición, cascos y un sinfín de pertrechos militares. Lo ideal para que su plan funcionara a la perfección.

Pero había descubierto un inconveniente más. Sí su plan tenía éxito las represalias que se ejecutarían inmediatamente mandarían a la tumba en el mejor de los casos a un número no inferior a diez presos.

¿Y qué es eso en Auscwhitz?, un lugar donde todos los días mueren miles de personas.

Una forma rápida y agradable de morir, ejecutado por un disparo en la sien. Pero ese privilegio sólo estaba reservado para unos pocos. Lo más probable que les pudiera suceder era la muerte por inanición. Para la mayoría de los presos que llegan a Auschwitz, y una vez seleccionados, su destino inevitable es el trabajo. Se les desnuda y después se les corta el pelo al cero. Después pasan a la ducha, seguida de la desinfección, para entregarles el dril, traje a rayas que identifica al deportado. Por último se les conduce a un kommando donde estarán trabajando hasta su muerte. Sólo unos pocos logran librarse del inevitable desenlace.

Y entonces viene lo peor. Los presos malgastan todo su tiempo en una única ocupación: la de sobrevivir. El interno vive en un ambiente hostil y agobiante durante todo el día. Nadie le regala nada. La persona ha desaparecido, un tatuaje imborrable en el brazo sustituye al nombre y apellidos. Y si alguno se equivoca al identificarse las palizas arrecian hasta que el torpe patán aprende.

El lager es un lugar cerrado, con vallas electrificadas y vigilado constantemente. Auscwhitz, inicialmente previsto como campo de concentración para los judíos polacos, cuando se produjo la invasión de la unión soviética en 1941 y posterior reparto, los nazis diseñaron un campo anexo (Auschwitz-II), denominado también Birkenau. Allí se instalarían las primeras cámaras de gas y hornos crematorios. Auscwhitz Birkenau es el auténtico campo de exterminio. Más adelante se construirá otro tercer campo (Auscwhitz-Monowitz (Auscwhitz III), una inmensa fábrica de caucho que al mismo tiempo hace de campo de exterminio para los más débiles e inservibles.

La torre de babel lingüística es una de las características principales de Auscwhitz. Cada deportado vive con miles de confinados como él que no hablan su mismo idioma, son de diferente nacionalidad y raza o etnia, por lo que entenderse es una tarea casi imposible. Y al final la mímica, el lenguaje universal, se convierte en el idioma mas utilizado.

No son un ejército pero en algunas cuestiones funcionan como si lo fueran, o incluso muchísimo peor. Por ejemplo en el tema de la indumentaria. Perder una gorra equivale a poner en serio riesgo la vida.

Hay dos tipos de campos. Por un lado los campos de concentración propiamente dichos cuya finalidad es encerrar a todo enemigo o adversario del régimen nazi. Allí a fuerza de trabajar y de la mala alimentación los internos mueren bien por desgaste físico, la horca, el fusilamiento o incluso la cámara de gas. Los otros campos, los de exterminio sí que son auténticas fábricas de muerte. Tanto su diseño como el fin al que están destinados es algo mucho más macabro: asesinar a miles de personas diariamente. En seis u ocho horas 12.000 personas pueden desaparecer literalmente, y algunos días la cifra puede aproximarse a las 24.000. Con ese panorama ¿qué puede esperar el preso de Auschwitz?, sólo la muerte, al menos a los internos de las cárceles corrientes siempre les queda el consuelo de poder salir al acabar su condena. En Auscwhitz eso es imposible porque no hay condena alguna, ni sentencia, ni juez, ni ejecución, Auscwhitz es la muerte personificada y contra la muerte no se puede luchar.

XI

Las luces del campo se habían ido apagando poco a poco. Sólo quedaban encendidos los potentes focos de las torres de vigilancia. Allí en lo alto, armados y con los cinco sentidos puestos vigilaban los miembros de las SS. Algunas patrullas nocturnas completaban el sistema de seguridad. Auschwitz era un lugar inexpugnable. Hasta ahora nadie había conseguido fugarse. Y si alguno de los internos intentaba salir del barracón y saltar las alambradas moría inevitablemente acribillado por las ametralladoras, antes incluso de poder llegar al cerco electrificado. Muchos de los prisioneros, exasperados, se quitaban la vida arrojándose contra las vallas.

Kazik lo sabía, sólo un plan preparado con extrema meticulosidad podría llegar a buen término.

Estaba cansado, había estado todo el día trabajando en el kommando. Cada día que pasaba estaba más débil. A pesar de eso no dejaba de pensar en marcharse de allí, ese pensamiento se estaba convirtiendo en una obsesión. Cuando llegó al barrancón la idea de fugarse estaba ya casi totalmente perfilada. Al caer la medianoche se subió a su litera como de costumbre para intentar descansar un poco. De repente, Kazik, fue sacudido otra vez por un pensamiento inesperado. La idea de las posibles represalias no se le iba de la cabeza. Aunque llevaba mucho tiempo en el campo no se había acostumbrado a ver tantas desgracias todos los días, y justo en ese momento pensó que si su fuga tenía éxito morirían un mínimo de diez personas por cada preso que se escapara.

Cierto que las condiciones de vidas eran muy miserables, y que la muerte para ellos sería como una liberación, pero privar de la vida a unos seres humanos siempre era algo trágico e injustificable; por muy lamentable que fuera la existencia de esas personas que se veían obligadas a convivir en un entorno tan hostil y degradante para el ser humano que les hacía desear la muerte

El mismo barracón donde pernoctaban daba una idea de la vida de la que disfrutaban. El block estaba dividido en dos locales. En uno de ellos vivía el jefe con sus colaboradores. En el otro que hacía las veces de dormitorio se hacinaban los presos en ciento cuarenta y ocho literas de tres pisos, apretujadas como libros en una estantería para así poder aprovechar al máximo el espacio disponible. Las camas estaban divididas por tres pasillos estrechos en el que malvivían entre doscientos y doscientos cincuenta expersonas. En muchas de las literas tenían que dormir dos presos entre tablas de madera sin fijeza, cubiertas de un saco de paja y dos mantas. El espacio era tan escaso que cuando se cruzaban tenían que pedir permiso para no chocarse entre ellos.

La visión del exterior no era mucho mejor. Sólo se veía otro montón de barracones y una gran plaza central donde todos los días a los presos se les pasaba lista por las mañanas antes de ir al trabajo, y por las noches cuando se producía el recuento. De vez en cuando en el mismo lugar se situaba una horca para dar ejemplo.

Antes del anochecer, las escuadras regresan una a una del duro trabajo. Las ejecuciones públicas no se pueden realizar de noche. Cuando están todas de repente la banda de música deja de tocar. En esos días en que se va a ejecutar una condena el oficial al mando ordena silencio y todos le obedecen sin rechistar. El que va a ejecutar la pena relata durante algunos minutos los delitos que el reo ha cometido. Cuando acaba la acusación uno de los kapos le coloca la horca en el cuello del deportado e inmediatamente otro tira de la palanca que lanza al vacío al reo, produciéndose su ahorcamiento.

Un sueño corto y fugaz y enseguida se le vino a la cabeza la idea salvadora.

XII

El comienzo del extermino total de los judíos comenzó en septiembre de 1941. La primera operación se realizó con hebreos de la alta Silesia Oriental, detenidos por la policía de Kattowitz y conducidos en tren hasta una desviación de la parte occidental de la línea Auschwitz-Dziedzice, donde descendieron de los trenes. Estos primeros transportes no pasaban nunca de mil personas. Después los prisioneros eran entregados por la policía a un destacamento del campo. En el mismo andén eran divididos en tres grupos y los "Lagerschütze" los conducían hasta la instalación de exterminio, conocida con el nombre de "el bunker". Los equipajes se dejaban en el andén y luego se llevaban al departamento de selección, llamado "Canada". Una vez en el bunker, se obligaba a desnudarse a los prisioneros y se les decía que iban a pasar a la zona de desinfección. Se llenaban con ellos las cámaras de gas, que eran cinco, se cerraban herméticamente las puertas y, a través de unos huecos construidos a tal fin, se introducía el contenido de los recipientes de gas.

Al cabo de media hora se abrían las puertas (cada cámara tenía dos), se extraían los muertos y, mediante un pequeño tren, se los llevaba a las fosas. También se llevaban las ropas al departamento de vestuario, para su selección. Todas las operaciones, desde la recogida de los vestidos hasta la conducción de nuevos prisioneros, desde la retirada de los cadáveres hasta el transporte, incluida la excavación de las grandes fosas comunes donde se enterraban los cadáveres, eran efectuadas por un destacamento de judíos que estaban aislados del resto y que, según una disposición de Himmler, debían ser también exterminados. Mientras se realizaban los primeros transportes llegó la orden de Himmler de extraer de los cadáveres los dientes de oro y cortar el pelo a las mujeres. Estas tareas también las realizaban los judíos del SonderKommando (comando especial).

Durante la primavera de 1942 las expediciones de judíos que llegaban a Auschwitz tenían aún un alcance reducido, pero en el verano los transportes empezaron a ser más frecuentes, por eso los altos jerarcas nazis se vieron obligados a construir otra instalación de exterminio. Para ello eligieron y equiparon convenientemente el edificio de una fábrica situada al oeste de los futuros crematorios II y IV, mientras que para vestuario se construyeron dos barracones en el primer bunker y tres en el segundo. El segundo bunker era más idóneo, ya que podía alojar a 1.200 personas. Durante todo el verano de 1942, los cadáveres eran enterrados en grandes fosas comunes, y a principios de otoño se empezó a quemarlos. Al principio se utilizaba una pira de leña (unos 2.000 cadáveres a la vez) y los restos eran enterrados en las fosas comunes, junto a los cadáveres de la primera época. En los inicios se rociaban con gasolina, pero luego se utilizaba alcohol metílico. La cremación no se interrumpía de noche ni de día.

La orden de Himmler, comunicada en el despacho de Eichmann a Rudolf Hoess, director del campo de Auschwitz, prescribía la exterminación, sin excepciones, de todos los judíos que llegasen a Auschwitz. Esto fue lo que ocurrió con los judíos de la alta Silesia. Sin embargo, al llegar los primeros judíos alemanes, se ordenó la selección de los hombres y mujeres que fueran aptos para trabajar en las fábricas de armas. Esto ocurrió antes de la creación del campo para mujeres, que se hizo necesario para realizar tal orden.

Después de cada operación de exterminio, por orden del Reichsführer, se destruían todas las informaciones que pudiesen servir para calcular el número de víctimas de Auschwitz. Sólo Rudolf Hoess tenía una idea bastante aproximada del número de fallecidos en el campo de concentración de Auscwhitz.

XIII

Había estado casi toda la noche sin poder dormir, pensando en los preparativos del imposible plan. Cuando por fin llegó a conciliar el sueño había que levantarse. Muy pronto estarían los kapos dando voces, llamando a los presos para que salieran prestos a trabajar y comprobando que nadie se quedara en el barracón. Casi todos los días moría algún prisionero mientras dormía, por lo que había que retirarlo inmediatamente como medida sanitaria. Aunque antes tenían que encaminarse hacia la plaza del pase de lista, amplísima. Allí todas las jornadas los presos formaban en pelotones, estilo militar, para luego desplazarse a sus tareas cotidianas, o simplemente a no hacer nada, sólo para ver el deterioro de su estado físico y mental.

- Una brigada de transporte, pensó mientras casi se despertaba

En sus sueños se había visto a si mismo disfrazado de soldado de las SS dentro del automóvil, saliendo del campo.

Enfrente de la plaza del pase de lista había un arreate de hierba segada con extrema pulcritud, donde se alzaba la horca justo en el momento de la ejecución.

Un rollwagenkommando que empujase una carreta sería la estratagema ideal para poder pasar del punto de control en el área interior de seguridad. Una vez en el exterior completar la fuga sería mucho mas fácil. Un kommando era el destacamento de prisioneros enviados a un trabajo específico. Las tareas que se realizaban todos los días eran distribuidas por los diferentes kommandos a cuyo frente iba siempre un prisionero privilegiado, un kapo, que respondía única y exclusivamente ante su superior inmediato. Si alguno de los presos o todos ellos se equivocaban o hacían algo mal su trabajo el único responsable era él, que asumía toda la responsabilidad. De esta forma nunca les quedaría el cargo de conciencia que les provocaría el ver condenados a sus compañeros de barracón.

Por lo general la actividad de las brigadas de trabajo se realizaba fuera del lager. Al amanecer todos los comandos salían a sus quehaceres y regresaban por la tarde. Una mala costumbre era que tanto a la salida como a la entrada una orquesta de deportados tocaba música. Cuando las orquestas de presos tocan todos los días, las notas que se desprenden deberían producir un tono de júbilo en el ambiente, pero en Auscwhitz se convierten en canciones fúnebres, en todo lo contrario, recordándoles a los presos su destino. Al inicio de cada jornada y a la caída de la tarde, cuando los kommandos regresan del duro trabajo, el sonido armonioso sólo les recuerda su triste condena. Nadie manifiesta signo alguno de alegría, todos están apesadumbrados. Saben que su destino final está sellado, por eso nadie se emociona y todos se lamentan de su suerte. Su rostro hierático sólo expresa tristeza, pena y dolor, por eso lo único que les queda es esperar lo inevitable.

Su conciencia era algo que no podía sobornar. ¿Qué sucedería cuando se fugasen si tenían éxito?, ¿Qué les pasaría a los que se quedasen dentro del campo? Genek sabía muy bien que tomarían represalias de inmediato y matarían un montón de presos en cuanto se enterasen. Y eso era algo que no podía tolerar, que por su escapada muriesen tantos hombres inocentes.

Ya había sucedido antes en agosto de 1941. A finales de julio de 1941 se fugó un preso del campo de concentración de Auscwhitz, el único que lo había conseguido, la mayoría lo ignoraba; y —según una norma intimidatoria de los nazis— por cada hombre fugado deberían morir diez. La primera elección recayó sobre el sargento polaco Franciszek Gajowniczek (de 41 años), quien en medio del silencio empezó a llorar: «Dios mío, tengo esposa e hijos. ¿Quién los va a cuidar?», dijo. Entonces Maximilian Kolbe se ofreció para intercambiarse por ese hombre, diciendo: «Yo me ofrezco para sustituir a este hombre, soy sacerdote católico y polaco, y no estoy casado».

El oficial lo aceptó y el padre Kolbe fue puesto en ayuno hasta morir. Pero como —tras padecer tres semanas de hambre extrema— sobrevivió a los demás nueve presos represaliados (junto con tres más), el 14 de agosto de 1941 fue asesinado por una inyección de fenol. Tenía 47 años de edad.

Igual que había ocurrido un año antes, las autoridades de la institución elegirían a diez de los reclusos del bloque del fugado para dejar que muriesen de hambre en celdas individuales. Para Genek el sólo pensar en esa posibilidad le paralizaba. A otros les hubiera dado igual, ni siquiera habrían pensado en las consecuencias, tan prestos como estaban a salir del campo de Auscwhitz.

La responsabilidad recaería sólo y exclusivamente en el kapo del barracón.

- Lástima que ya esté muerto, dijo Kazik cuando Genek le comunicó su decisión
- ¿muerto?, ¿quién está muerto?

- Krankemann

Todos conocían la fama del famoso kapo del bloque 11. Hnilica no se parecía en nada a Krankemann.

Como jefe del bloque 11 su popularidad le precedía. No tenía piedad alguna de los presos que tenía asignados a su cargo. Había sido deportado por delitos comunes por lo que su comportamiento en el campo no lo había aprendido allí; antes de ser recluido en Auschwitz su conducta era la de un criminal mas, aunque ahora tenía un clima, un ambiente y un lugar propicios. Una de sus actividades favoritas era la de conductor de un rodillo compresor al que uncía como animales a los curas católicos. El famoso bloque 11, el Strafeblock, difería de las otras 28 construcciones dedicadas a alojar a los deportados, cocinas, enfermería, almacenes, etc, porque no tenía ventanas y porque su puerta, vigilada por un SS, estaba siempre cerrada, lo cual le daba una imagen de barracón del horror dentro del terror supremo que ya suponía Auscwhitz en sí.

Y al final cayó en la locura. Por muy duro que pareciera, el infierno de Auschwitz le había afectado también a él, igual que al resto.

Krankemann había llegado al campo en la segunda expedición de criminales procedentes de Alemania, enviados desde Sachsenhausen, en el verano de 1940. No le caía demasiado bien a muchos de los dirigentes de las SS, pero tenía el apoyo de Karl Fritsch, Lagerführer (jefe de campo, segundo inmediato de Rudolf Hoess) y Palitzsch, Rapportführer (suboficial, ayudante primero del comandante). Orondo donde los hubiera, tenía la mala costumbre de sentarse en la apisonadora gigante que se utilizaba para aplanar la explanada situada en el centro del campo de concentración, la denominada plaza del pase de lista de los internos. Como si de un tratante de esclavos se tratase cogía el látigo y lo descargaba sobre los presos que tiraban de la apisonadora, mientras les gritaba: Más rápido, perros. Muchos de los internos llegaron a temerle mucho más que a los propios SS.

Su crueldad llegaba a tales extremos que uno de esos días de trabajo sin descanso, al final de la tarde, uno de los presos se desplomó victima del cansancio. Krankemann ni se inmutó. Seguid adelante, malditos bastados, les gritó. El prisionero seguía en el suelo sin levantarse. Y lamentablemente, después de unos instantes de duda, los presos siguieron tirando de la maquinaria y aplastaron al pobre desgraciado, muriendo en el acto.

En el verano de 1941 una comisión especial de médicos arribó a Auschwitz con la intención de seleccionar a un grupo de presos del bloque 15 para trasladarlos al hospital de Sonnenstein. El castillo de Sonnenstein estaba situado en Pirna, cerca de Dresden. Fue edificado en el siglo XV y reutilizado como sanatorio mental desde principios del XIX. En Octubre de 1939 fue oficialmente cerrado, pero a principios de 1940 parte del mismo fue reconvertido en un centro de eutanasia. A tal fin se instaló una cámara de gas.

Se seleccionaron un total de 573 deportados, la mayoría de ellos presos polacos, a los que se añadió dos kapos extremadamente brutales: Ernst Krankemann, kapo de la brigada de construcción de carreteras y Johann Siegruth. Krankemann no pudo alcanzar el castillo. Fue asesinado durante el transcurso del viaje. Y Siegruth tampoco pudo esperar, se suicidó poco antes de llegar. Los demás prisioneros fueron enviados a la cámara de gas.

Aunque había otro horror muchísimo peor en Auscwhitz y que además estaba oculto: los sonderkommandos encargados de los trabajos sucios de Auscwhitz.

Los Sonderkommandos eran escuadrones especiales de trabajo, destinados a operar en las cámaras de gas y los crematorios.

Todos sus miembros eran judíos que habían sido deportados. Entre sus funciones principales estaba la de retirar los cadáveres de las cámaras, limpiarlas y prepararlas para el siguiente gastamiento, conducir los cuerpos al crematorio anexo y quemarlos. Asimismo, debían dispersar las cenizas en los lugares designados a este efecto. Vivían en régimen de estricto aislamiento respecto de los otros prisioneros del campo. Gozaban del privilegio de una ración extra de comida y, ocasionalmente, bebidas alcohólicas. Periódicamente eran, a su vez, exterminados en las cámaras de gas y reemplazados por otros deportados.

Genek sabía que para que su plan tuviese alguna posibilidad de éxito deberían reclutar a algunos presos más. Por eso en cuanto vio a Kazik se lo dijo. Después de tener perfilado el plan era necesario encontrar dos participantes más como mínimo para que el engaño fuera creíble. Tampoco un número elevado sería conveniente. Al día siguiente Eugeniusz Bendera se cruzó con un sacerdote polaco que pernoctaba en su mismo block. Jozef Lempart, como tantos otros seguidores de Cristo, fue conducido al campo de la muerte por su origen judío. La población hebrea de los países de Europa central y del este ocupada por Alemania estaba siendo diezmada de forma sistemática.

Genek escribió algo en un papel y se lo dio al sacerdote, no quería que nadie oyese lo que le decía. Sabía muy bien que muchos de los presos se comunicaban con los kapos a cambio de recibir algún trato especial, o simplemente por algo de comida. La vida en el lager era pura supervivencia.

En el Tagesraum, parte del block común donde vive el jefe del barracón junto con su colaboradores, y en uno de los muebles donde se almacena los instrumentos para salvaguardar la disciplina, dos vergajos de goma, se apilan un cuantos cucharones para repartir la sopa del hambre; como si el alimento dependiera de la autoridad, que es lo que en realidad sucede. De nada sirve que en la cocina se preparen un montón de menús bajos en calorías, que apenas llegan para satisfacer las necesidades calóricas de los internos. Ni tan siquiera eso. Es el jefe del barracón quien decide quien debe comer o no. Ellos tienen los instrumentos y ellos, el personal a su cargo, los que sirven.

El padre hizo un gesto de asentimiento con la mirada y los dos se dirigieron al exterior. En el barracón intermedio estaban situadas las letrinas. Ese espacio les ofrecía algo de intimidad, aunque la seguridad total no existía en Auschwitz. Es mas, lo que predominaba era la total inseguridad. La vida humana no valía nada dentro del campo. También era cierto que fuera del mismo se estaba librando una de las peores guerras que la humanidad había conocido hasta el momento, donde todos los días morían miles de personas inocentes, pero por lo menos tenían una oportunidad de sobrevivir. El que entraba en Auschwitz tenía una altísima probabilidad de dejar este mundo, sino la muerte segura. Era un campo preparado especialmente para exterminar a la especie humana.

- Tengo un plan, dijo Genek

Jozef se quedó mirando en silencio sin articular palabra. No era la primera vez que oía algo parecido.

- ¿Y es factible?, le interrogó
- Como todo depende de la suerte, contestó
- Más bien de la voluntad de Dios, corrigió Jozef

Había decidido convertirse en un mártir de la iglesia. Si el plan triunfaba podía seguir luchando para la causa de Cristo en la polonia ocupada. No le importaba morir, pero lo que no quería era convertirse en un Musulmanner. Quería morir con Cristo a su lado, como cualquier cristiano, no quería que su cuerpo se fuera deteriorando todos los días poco a poco hasta perder completamente la noción de la realidad para esperar una muerte inútil. Antes que eso prefería convertirse en un nuevo mártir de la iglesia.

- Tenemos que hacernos pasar por miembros de una brigada de trabajo. Si conseguimos atravesar el recinto interior, que es el más vigilado, tenemos unas altas posibilidades de terminar la fuga con éxito.
- ¿Y después, qué?
- Piechowski sabe donde conseguir los uniformes apropiados. A no ser que nos pidan la documentación.
- Ya, pero habéis pensado que hacer en el supuesto de que nos descubran
- No
- ¿Y eso por qué?

Genek se le quedó mirando a la cara sin articular palabra y con el rostro compungido.

- En ese caso hemos decidido hacer uso de las armas
- Eso provocaría unas represalias muy violentas, afirmó el sacerdote, y además sería egoísta
- No es lo que estás pensando. Lo que tenemos decidido hacer sí ese evento se produjera es dispararnos a nosotros mismos, sentenció Genek

Jozef palideció.

- Así no habría ningún tipo de represalia, y nuestras conciencias quedarían en paz

- Además, convino Genek, ¿no has pensado lo que sucedería si nos cogen vivos a alguno de nosotros?
- Nos torturarían hasta la muerte. En el mejor de los casos podríamos matar a unos pocos soldados de las SS, y nosotros tendríamos el peor fin posible. Créeme, lo mejor es dispararnos a nosotros mismos. Seguro que Dios te perdonará.
- Espero que eso no suceda, sentenció Jozef y no nos veamos obligados a matarnos entre nosotros. Que tengamos un poco de suerte y con la ayuda de Dios salgamos de este infierno para poder contarlo al mundo.

Los dos salieron discretamente del barracón como si no se hubieran encontrado y cada uno se dirigió a un lugar distinto. A Genek sólo le quedaba encontrar otro participante para poder llevar a buen término el plan de fuga.

Y no tardó mucho en encontrar al último participante. Los dos primeros declinaron la participación. El primero porque quería llevar a un amigo suyo, y el segundo enseguida comprobó que las posibilidades eran escasas y se abstuvo de inmediato. Sin embargo, un escultor polaco, Stanislaw Jaster, aceptó de inmediato, aún a sabiendas de las escasas posibilidades de éxito. A diferencia de los anteriores se percató muy pronto de un inconveniente que podría hacer fracasar la operación. ¿Qué sucedería sí en la entrada principal les pedían la documentación? A nadie se le había pasado por la cabeza, y el problema era que ya no disponían de más tiempo. Si aplazaban unas semanas más su intento de evasión corrían el riesgo de morir sin tan siquiera ver fracasado su plan de fuga.

XIV

Sábado, 20 de Junio de 1942, un día tranquilo para llevar a cabo el plan. En la puerta principal del campo de concentración de Auschwitz la vigilancia sigue efectuándose como todas las jornadas. "Arbeit macht frei", el trabajo os hace libres, lema irónico que corona la entrada es un hito. El punto principal que marcará el triunfo o el fracaso de los condenados. El corazón les late con fuerza pero no hay marcha atrás, están dispuestos a todo. En un lugar donde la vida vale menos que el peso de una pluma el morir es una liberación.

Piechowski cogió uno de los brazaletes que había conseguido comprar en el mercado negro y se lo puso en el brazo. El otro se lo entregó a Bendera. Ahora parecían dos auténticos kapos.

Stanislaw Jaster se quedó mirando a Piechowski.

- ¿Tú crees que lo conseguiremos?, le dijo

En ese momento una bocanada de olor nauseabundo barrió la zona en la que estaban.

Instintivamente se taparon la nariz, la pestilencia era completamente insoportable. Les hubiera gustado correr pero no podían, tenían que parecer completamente serenos y tranquilos.

Aunque no era la primera vez que percibían semejante hedor nunca se iban a acostumbrar a la percepción de la muerte. Desde que el campo de concentración abriese sus puertas, a principios de los años cuarenta y hasta el año 1942, los cadáveres eran amontonados sobre una pila de maderos secos y trapos empapados en parafina, para posteriormente prenderles fuego. El sistema era tosco y requería de siete a ocho horas para incinerar una pila, pero el olor a carne quemada llegaba a molestar incluso a los propios SS. Por consiguiente se organizaron hornos crematorios de ciclo continuo y las cámaras de gas se perfeccionaron. A pesar de todo, los miles de prisioneros que eran gaseados casi a diario de forma ininterrumpida, hacía inevitable que parte del humo desprendido en el proceso inundase los exteriores, dejando irrespirable determinadas zonas del lager.

- Estoy convencido de ello, dijo Kazik

En fila de a cuatro, con la gorra en la mano y los brazos colgando a lo largo de los costados, como si estuvieran muertos, el cuello inmóvil, no se atrevían a pronunciar palabra alguna.

Hasta que llegaron al lugar señalado con antelación. Allí los cuatro prisioneros se apropiaron de una de las carretillas de mano, la cargaron de desperdicios y comenzaron a empujarla en dirección hacia la entrada principal.

- Prisionero 118 con otros tres, gritó Piechowski cuando llegaron a unos metros antes de la puerta coronada con el cartel "Arbeit macht frei".

El guardia alemán examinó a los cuatro con curiosidad. No había nada extraño.

- Llevamos el Rollwagen al almacén, volvió a gritar Piechowski

Sus corazones comenzaron a latir intensamente. Sólo era cuestión de segundos el que descubrieran el engaño. Aquellos instantes se hacían interminables.

El soldado de las SS comenzó a anotar en su libreta. Parecía que les iba a dejar pasar. O quizás se estaba asegurando, haciendo como que todo iba bien para dar la voz de alarma sorpresivamente e impedir cualquier intento de fuga o una reacción violenta. Sus caras no eran conocidas pero por otra parte no le resultaba nada extraño la escena.

- Adelante, gritó

Habían salido ya del lager cuando de pronto la banda de música del campo comenzó a tocar. Josef lo interpretó como una buena señal. En Auscwhitz era algo habitual encontrarse con un grupo de presos tocando a la entrada o salida de los kommandos.

La vida en el campo de trabajo, en espera de acabar en las cámaras de gas, era un infierno total. Todos los cargos menores estaban confiados a delincuentes comunes, maestros en el arte de hacer sufrir a sus semejantes. Personas que habían perdido la cualidad humana de ponerse en el lugar del otro, porque había desaparecido en ellos cualquier atisbo de humanidad. Los prisioneros, una vez inscritos (en 1942 se empezó a tatuarles el número de ingreso en la piel), perdían todo rastro de personalidad humana. De entrada se les despojaba de todo. En Auschwitz existían hasta treinta y cinco oficinas y construcciones especiales para seleccionar, conservar o expedir a Alemania los objetos secuestrados. Aunque veintinueve de estos edificios fueron quemados por las SS antes de la liberación del campo, fueron hallados en ellos hasta 348.000 trajes de hombre y 836.000 equipos completos de mujer, 6.000 pares de zapatos y miles de objetos personales, como cepillos de dientes, navajas de afeitar y otros. La visión silenciosa y en soledad de los objetos amontonados daba una imagen de terror y de oscuridad que pocos podían soportar. Cualquiera se imaginaba a las personas que hasta hacía bien poco habían poseído todos esos enseres personales. Algo parecido a la observación de los objetos personales de los difuntos después de su muerte.

Los castigos consistían en la stehzelle (celda vertical), un cubículo completamente a oscuras donde los prisioneros tenían que pasarse semanas permanentemente de pié; el apaleamiento en público, o el traslado a las compañías disciplinarias, cuyos hombres, que trabajaban en el agua de los pantanos que circundaban el campo, eran eliminados uno a uno, estrangulados por los jefes de compañía, cuando resultaban demasiado débiles para trabajar. Por lo demás, la tortura era práctica diaria, especialmente a cargo del Untersturmfüher SS (subteniente) Grabner y sus subordinados. En Auschwitz, además de casi tres millones de muertos en las cámaras de gas, al menos otras 25.000 personas fueron fusiladas, de 20.000 a 25.000 estranguladas o eliminadas individualmente por los guardianes, y bastantes millares ahorcadas.

Siguieron empujando la carretilla de mano unos metros más. Eugeniusz Bendera se separó del grupo, dirigiéndose al garaje de las SS, lugar de trabajo habitual para él todos los días. Debía poner a punto el automóvil marca volkswagen del ejército alemán que iba a ser utilizado en la fuga. El lugar donde se guardaban los vehículos militares estaba completamente desierto.

El resto del grupo avanzó hacia el almacén de acuerdo al plan previsto. Tal y como habían probado las semanas anteriores retiraron sin dificultad los soportes de los cristales, accediendo a la carbonera. Desde allí, y tras asegurarse que no les habían visto entrar nadie, subieron a la habitación donde se guardaban los uniformes y el arsenal de las SS del campo.

Pero una pequeña sorpresa les esperaba: una sólida barra de acero reforzaba la puerta de entrada. Algo que no estaba allí los días anteriores.

El nerviosismo se apodero durantes unos segundos de los presentes.

Piechowski pensó por unos momentos que su plan había fracasado, y que iban a detenerlos allí mismo, ejecutándolos de inmediato.

- Nos has visto, nos han visto, dijo el sacerdote

Se había quedado inmóvil como dando por sentado que su aventura había acabado de inmediato.

- Es la voluntad de Dios, agregó, nuestros caminos muchas veces no son los caminos del Señor

Stanislaw se le encaró.

- vamos a salir de aquí, le dijo
- Nadie nos ha delatado, recalcó. Si hubieran sabido nuestros planes ya nos habrían detenido. No se hubieran esperado.
- Y sí es así, ¿me quieres decir porqué demonios han colocado este pedazo de acero?, contra argumentó Jozef

- O mucho me equivocó o me parece que alguien ya se ha enterado de nuestro plan de fuga

Stanislaw no le respondió. Comenzó a mirar a su alrededor hasta que localizó unos picos de cavar.

Con toda la rabia que pudo levantó uno de ellos y golpeó con todas sus fuerzas la barra de acero que sellaba la puerta.

El obstáculo estaba firmemente sujeto, pero siguió aporreando una y otra vez, preso de gran excitación, hasta que por fin la barra cedió y pudieron entrar en el almacén interior.

Una vez dentro escogieron a toda prisa los uniformes que se iban a colocar y el de Bendera, que todavía no había dado señales de vida. Después se apropiaron de cuatro metralletas y ocho granadas de mano, arsenal mas que suficiente para hacer frente a un posible contratiempo.

Cuando se dirigían al exterior disfrazados de miembros de las SS escucharon a dos alemanes conversando fuera del almacén. De inmediato se pusieron a cubierto. Agazapados fuera de las puertas de entrada, y sin mover un solo músculo, esperaron a que los soldados se marchasen. Todavía cabía la posibilidad de que entrasen en el almacén y los encontrasen.

Los tres cargaron sus armas, prestos a disparar si entraban. Unos segundos angustiosos que se hacían eternos. El sudor comenzaba a aflorar víctimas del nerviosismo, pero el evento no sucedió. Sus voces se debilitaron poco a poco, hasta desaparecer por completo.

- Se han marchado, dijo Piechowski

Ya no se les veía. Habían abandonado la zona.

- Menos mal que se han ido, dijo Stanislaw, yo no estoy dispuesto a ir otra vez al Bloque 11.

Bendera no aparecía, alguno ya pensaba que los había traicionado. No era algo nueva, desgraciadamente era algo habitual en Auscwhitz, la eterna lucha por la supervivencia. Delatar a un compañero para seguir viviendo. Muchos se convertían en presos de confianza, algunos en kapos y la víctima que había sido traicionada era enviada al barracón de la muerte.

El siniestro bloque 11, que hasta 1941 lució el número 13, presentaba el mismo aspecto de los demás barracones de ladrillo rojo repartidos en hilera por todo el recinto. Pero su función era diferente a la del resto de dependencias del campo, y casi todos los presos lo sabían. El edificio era una prisión dentro de la gran prisión que representaba Auscwhitz.

Jerzy Bielecki, compañero de barracón de Stanislaw Jaster, nunca lo olvidaría. Unos meses antes se había levantado de mala manera en una calurosa mañana de agosto. Estaba tan enfermo y extenuado que se veía incapaz de trabajar. Pero en Auscwhitz pedir un día de descanso para recuperarse era algo imposible. Así que se escondió en las letrinas para recobrarse, con la esperanza de no ser visto. Cuando llevaba varias horas abandonó el lugar, corría serio peligro si seguía allí todo el día. Simuló estar haciendo labores de limpieza pero fue descubierto por un guardia de las SS que lo envió inmediatamente al bloque 11 para ser castigado.

Casi arrastrado por su guardián fue conducido al ático. Era verano y el sol se colaba a raudales por los intersticios de las tejas, calentando el habitáculo. Olía mal, un hedor que echaba para atrás.

- Jesús, ay Jesús, se oyó a alguien

No era el único que estaba allí. Estaba oscuro, era un receptáculo casi diáfano, la única luz disponible era la que se colaba entre las rejas.

Jerzy Bielecki alzó la vista y vio a un hombre colgado de una viga por las manos, las cuales tenías atadas a la espalda.

El soldado de las SS le acercó una banqueta y le dijo: Sube.

Le colocó las manos detrás y se las unió con una cadena. Después de atarlo a una viga y cuando mas descuidado estaba, apartó el taburete de una patada.

Su cuerpo cayó como una losa con todo su peso, causándole un dolor terrible.

- Jesús, María y José, dijo apesadumbrado

- Cierra la boca, perro, gritó el guardián de las SS

- Tu te lo has buscado

Después salió del ático, dejándolo solo.

El sudor empezó a correrle por el rostro. El calor era insoportable y él no hacía otra cosa que acordarse de su madre. Transcurrió una hora hasta que percibió como los hombros se le habían dislocado. Seguía colgado, los brazos ya no los sentía. Llegó otro guardián de las SS y se llevó al otro preso que tenia los ojos sellados.

- Sólo quince minutos mas, dijo mientras se llevaba al compañero

Volvió a quedarse en soledad hasta que regresó el guardián.

- Levanta las piernas, le ordenó

En ese instante intentó con todas sus fuerzas alzar sus miembros inferiores pero no pudo. La sangre se le había coagulado.

Le cogió las piernas y se las colocó en la banqueta. Después soltó la cadena que le aprisionaba y cayó de rodillas desde el alzapié. No podía hacer nada, sólo esperar a que la sangre fluyera otra vez por su cuerpo, circunstancia que ocurrió casi una hora después. Había tenido suerte, su guardián se había portado compasivamente con él y eso le había salvado la vida.

Quien subía los escalones de cemento del barracón para atravesar la puerta principal no volvía a salir con vida. Los dirigentes del campo utilizaban un sin fin de métodos, a cada cual de ellos mas espantoso, para interrogar a quienes tenían la desgracia de entrar en aquel edificio. El descoyuntamiento de las extremidades, los latigazos sangrantes, la tortura a base de agua simulando el ahogamiento, la tortura china consistente en utilizar agujas bajo las uñas, el marcaje con hierro al rojo vivo como si fueran ganado, o rociarlos con gasolina antes de prenderlos fuego. Y algunos otros miembros de las SS usando su propia inventiva para arrancar una confesión de cualquiera de las maneras posibles, usando la fuerza bruta hasta llegar hasta casi la muerte.

El Untersturmfüher Max Grabner estaba al mando del Bloque 11. Era el señor de la vida y la muerte de todos aquellos que entraban en el barracón. Antes de ingresar en las SS había sido vaquero, pero ahora tenía la misión eufemística de quitar el polvo al búnker, o sea decidir con sus otros subordinados quien moría o quien vivía en aquel bloque 11. Y para ello mientras unos cuantos estaban en sus celdas otros recibían su veredicto como si de un tribunal se tratase. Veredicto penal 1: azotes o tortura. Veredicto penal 2: ejecución inmediata. A los condenados a la pena capital se les conducía a las duchas de la planta baja y se los desnudaba. Después, se les llevaba por una puerta lateral, al patio situado entre los dos barracones, el 10 y el 11. Era el único lugar entre bloques que estaba separado por muros de ladrillo del resto del lager, para impedir su visión. En ese mismo punto se ejecutaba la sentencia. Los colocaban ante el paredón de piedra, conocido como "la pantalla", que estaba situado ante el muro más alejado de la entrada del bloque, atados salvajemente por los brazos por un Kapo. Y después un soldado de las SS le apuntaba con una pistola de pequeño calibre, para evitar el ruido, frente a la cabeza del procesado para disparar inmediatamente.

La pantalla también era utilizada como tribunal sumario de policía de la provincia alemana de Kattowitz. Los polacos que eran arrestados por la Gestapo, policía política alemana, eran llevados directamente allí, sin recorrer ninguna de las otras instalaciones del campo, y ejecutados a las pocas horas.

Bendera se acercó en su coche hasta el almacén pero no se atrevió a entrar. Pasados unos minutos sus compañeros le hicieron una señal desde el interior para que aproximara el automóvil a la entrada, a pocos metros el almacén. Era la orden convenida de antemano para que acercara el vehículo a la entrada, a escasos metros de la puerta.

Nada mas salir del coche se cuadró ante sus compañeros, como si de un auténtico soldado se tratase, y eso a pesar de no llevar puesto el uniforme todavía.

Tenía que parecer auténtico. Cada sesenta o setenta metros se divisaba una torre de observación, por lo que podían estar siendo observados. Todo debía parecer normal. De hecho un guardia de las SS les fulminaba con su mirada desde una posición cercana.

- A la orden, dijo Bendera, siguiendo su papel, al tiempo que se quitaba la gorra

Kazik lo saludo al estilo militar.

- Entre en el almacén y recoja los pertrechos, le ordenó; no podían oírle

Eugeniusz Bendera entró en el almacén y se disfrazó de soldado de las SS. Ya estaban preparados para llevar a cabo la fase más peligrosa de su plan de fuga. Hasta ahora todo había ido bien, pero no sabían lo que sucedería dentro de unos minutos cuando los guardias les viesen con su nueva indumentaria totalmente diferente a la de los prisioneros del campo.

XV

Nunca se produjeron intentos de motín o de revueltas en Auschwitz. Los dirigentes nazis sabían como prevenir el problema antes de que se produjera, experiencia no les faltaba. En la primavera de 1942 se transportaba a unos judíos desde el andén de la estación hasta la fábrica, el bunker 1, a través de los prados donde más tarde se levantaría el sector 2. La columna era guiada por Aumeier y Palitzsky y por algunos jefes de bloque. Estos últimos solían hablar de cualquier tema con los judíos, preguntándoles sobre sus actividades y profesiones, a fin de vencer cualquier sospecha. Al llegar al bunker se les ordenó desnudarse. Los primeros entraron tranquilamente en los locales donde suponían que iban a ser desinfectados, pero pronto algunos dieron la voz de alarma y empezaron a hablar del gas y de exterminio. De repente se creó una atmósfera de pánico, pero, rápidamente, se les introdujo en las cámaras y se cerraron las puertas. En los transporte siguientes se procedió a aislar a tiempo a los elementos más intranquilos, para poder mantenerlos vigilados. Si se producía algún desorden, se conducían a los individuos más alborotadores tras el edificio, sin que nadie se percatase, y allí eran ejecutados con armas cortas para que los demás no se enterasen de nada.

Era de vital importancia que toda la operación de la llegada y preparación tuviese lugar en total calma, y que no hubiese ni gritos ni excitación. Si alguien se negaba a desnudarse, debían intervenir para ayudarlo otros que ya lo habían hecho o los del Sonderkommando. Los más obstinados eran tranquilizados y persuadidos con buenas maneras. Los prisioneros del Sonderkommando procuraban también que la operación se realizase con la mayor rapidez, para que las víctimas no tuvieran tiempo de meditar acerca de lo que les iba a suceder.

Dado que los deportados no tenían ninguna confianza en los SS, se esperaba que tendrían mucha más tranquilidad con gente de su propia raza. Además, los Sonderkommandos estaban compuestos por judíos procedentes de la región donde se realizaban las deportaciones. Los deportados hacían preguntas sobre la vida en el campo y obtenían informaciones sobre conocidos o familiares que habían llegado en transportes anteriores. Era muy interesante la capacidad que los judíos del Sonderkommando tenían para mentir, y los enfáticos gestos con que subrayaban sus palabras.

Los hombres del Sonderkommando mantenían una vigilancia especial en este punto y prodigaban palabras de aliento para persuadir a las mujeres de que mantuvieran a sus hijos con ellas. Las mujeres creían que la desinfección sería nociva para los niños y por ello los escondían. Los más pequeños lloraban, impresionados al ver cómo se desnudaban todos, pero las madres o los del Sonderkommando les hablaban dulcemente hasta que entraban en las cámaras de gas, jugando entre ellos y llevando sus juguetes. Algunas mujeres que intuían o sabían lo que les esperaba y que, con el terror de la muerte en los ojos, sacaban fuerzas de flaqueza para jugar con su hijos y animarles, como queriendo hacerles la vida mas agradable en los últimos instantes de su existencia.

A veces, las féminas, al desvestirse, comenzaban a dar unos gritos terribles, se tiraban de los cabellos y tenían crisis histéricas. Llegados a ese estado de agitación y pánico, cuando ya no se las podía contener de ninguna otra manera, se las cogía inmediatamente y se las llevaba detrás del edificio, donde se les disparaba en la nuca.

Solía ocurrir que cuando los del Sonderkommando salían de la cámara de gas, las mujeres se daban cuenta de lo que iba a ocurrir, como si tuvieran un sexto sentido que les advirtiera de la inminencia de la muerte, y entonces les gritaban todas las maldiciones posibles.

XVI

Los cuatro infelices se subieron en el automóvil marca volkswagen de la wehrmacht y arrancaron con delicadeza, no querían levantar sospechas. Cualquiera que los viese de lejos nunca podría imaginarse que dentro de ese vehículo fueran unos cuantos prisioneros de Auschwitz. Era el momento de mayor tensión, todos temían lo peor: que los descubriesen en el último instante de su hasta ahora exitosa evasión.

Habían finalizado la primera fase de su fuga, la menos peligrosa. Lo peor estaba por llegar. Tenían que extremar los modos y las formas si querían salir con vida del recinto. Y lo peor de todo era que si morían, morirían como soldados del tan odiado para ellos ejército alemán. Preferían dejar este mundo como prisioneros del campo, con la estrella de David en el pecho, orgullosos de pertenecer a la raja judía, tan denigrada por los nazis. Aunque desgraciadamente esa elección ya no era posible.

Cuando tomaron la primera curva, nada mas avanzar unos pocos metros, vieron a dos miembros de las SS. Era algo normal pero en ese preciso momento su presencia les intranquilizó.

- Tened cuidado, dijo Eugeniusz Bendera. Si mostráis el menor síntoma de nerviosismo se darán cuenta

Unos instantes después les saludaron.

- Heil Hitler, gritó el soldado de las SS

Ellos devolvieron el saludo y siguieron su recorrido.

Kazik pensó por unos momentos en los horrores que estaban dejando atrás. Pero el deseo de fugarse fue más grande que sus recientes recuerdos. Enseguida dejó atrás sus pensamientos y volvió a centrarse en su misión. Un guardia de las SS estaba arreglando una bicicleta.

Llevaban recorridos cuatrocientos metros y el soldado se les quedó mirando, como si notara algo raro. Estaba enredado con la cadena de su bicicleta.

- Heil Hitler, gritó al tiempo que alzaba el brazo

Se les había quedado observando con detenimiento pero afortunadamente no sospechó nada. El plan estaba funcionando. Hasta ahora nadie había recelado de su comportamiento.

Ellos devolvieron el saludo otra vez y siguieron su ruta. Les faltaban pocos metros para llegar a la puerta principal y el nerviosismo se empezó a adueñar de los participantes.

Un disparo certero a sesenta o setenta metros, esa era la distancia en que se situaban las torres de vigilancia. En el combate cuerpo a cuerpo a sesenta metros se hace blanco con facilidad., y mucho mas cuando al que se dispara está indefenso y sin ningún parapeto donde protegerse. Enclaustrados en sus atalayas de observación los guardias de las SS vigilaban constantemente, dispuestos a apretar el gatillo ante el menor indicio de fuga.

A las puertas de la entrada principal comenzaron a preguntarse si les dejarían cruzar sin aportar documentación alguna. Ellos estaban convencidos de que sí.

La puerta estaba completamente cerrada. Situado a la derecha había un soldado de las SS con ametralladora y a la izquierda otro guardia de las SS sentado en una silla.

La distancia que les separaba de su quimera se iba reduciendo poco a poco, aunque la salida seguía cerrada. Ochenta metros, cincuenta. Eugeniusz cambió a segunda para aminorar la velocidad. Con veinte metros de separación el sudor empezó a recorrerle el rostro, sobre todo la frente y la nariz.

- Va siendo hora de suicidarse, comentó Kazik cuando faltaban apenas cinco metros para llegar a la entrada.

Los guardias de las SS observaban con detenimiento el vehículo y sus ocupantes. Ellos, temiendo lo peor sólo pensaban en una cosa: hacer uso de sus armas de fuego y terminar la aventura. No les daba miedo morir, lo que les asustaba era abandonar este mundo sometidos a torturas inimaginables.

El sacerdote llevó su brazo al hombro de Bendera como para darle confianza. No se atrevía a pronunciar palabra.

- ¿Cuánto tiempo nos vais a tener esperando?, gritó Eugeniusz

- Hijos de perra, añadió silenciosamente para que no le oyeran.

En ese momento el soldado de las SS dijo algo ininteligible y abrió la puerta.

Por fin su escapada se había consumado. Habían conseguido superar la Grobe Postenkette, el cordón externo de centinelas, que es como llamaban a esa zona los presos de Auscwhitz. Aunque traspasasen la valla electrificada su gozo podía desaparecer de inmediato sí eran interceptados por algún vigilante del campo. Eugeniusz aceleró un poco sin mirar atrás, todavía tenían el miedo metido en el cuerpo, y unos metros mas allá el paisaje fue cambiando de aspecto hasta perfilar un escenario totalmente diferente.

XVII

Como si de una obra de teatro se tratase la puerta se cerró con inusitada rapidez, sólo que ahora eran ellos los que estaban fuera. No mezclándose con el público, estaban dejando atrás el horror y la muerte personificada, en estado puro.

Bendera pisó el acelerador con furia y el coche fue perdiendo de vista el siniestro recinto. Unos pocos minutos después la silueta se desdibujaba casi completamente en el horizonte hasta que por unos pocos segundos desapareció de inmediato.

Habían salido de Auschwitz y por primera vez se sentían libres.

Y observaron después de mucho tiempo el paisaje polaco desde fuera del campo de Auscwhitz con sus marcadas y diferentes cuatro estaciones. Clima benigno, sin bruscas anomalías de tiempo y con una temperatura media anual del aire entre los 6º C y 9º C. Y en ese momento recordaron los inviernos largos y nevados que se daban en las altas montañas, cuando una vez fundidas las últimas nieves, en las suaves pendientes de las altas praderas de los Tatra, florece de forma intensiva el azafrán. Así como los huertos de frutales en la primera quincena de mayo, seguidos de las amapolas, decoración de la tierra en barbecho y caminos rurales. Las salicarias en flor embelleciendo los prados, los brezales tan típicos de las llanuras del litoral junto con los arces característicos de Mazovia y Pomerania. Todo aquello que no habían podido ver ni sentir por su confinamiento en Auschwitz ahora les era revelado. Allí sólo podían observar a distancia los típicos pinos que rodeaban el recinto impidiendo ver el horizonte.

La polonia rural ocupada de ahora y que tanto conocían les estaba esperando. Pronto llegarían a algún pueblo que les acogiese, si bien lo primero que tendrían que hacer es deshacerse del vehículo militar y de los uniformes. No tardaron en vislumbrar las figuras características de las típicas casas polacas.

- Por fin, algo de humanidad, dijo Piechowski al divisar las primeras viviendas

- Todavía no, le recriminó Kazik

- ¿No habéis pensado en lo próximo que está el pueblo del recinto? Si deciden salir en nuestra busca este será el primer sitio donde vengan. Hay que seguir un poco más lejos.

Continuaron durante media hora más. Pensaron que debían adentrarse unos kilómetros más adentro todavía, pero enseguida se dieron cuenta de que la gasolina se les podía acabar. Y no solo eso, podían ser interceptados por cualquier patrulla rural de la policía polaca o de la Gestapo.

Al divisar el próximo municipio se desviaron para no entrar por la calle principal y detuvieron el vehículo. Respiraron aliviados y permanecieron en silencio durante unos minutos.

- Rápido, quitaros los uniformes, dijo Piechowski

Sólo conservaron los pantalones y la camiseta, tanto las camisas como las chaquetas les delataba.

Después de casi una hora de carretera veían el final muy cerca. Temían la reacción de los habitantes locales, podían entregarlos a las autoridades, aunque esa cuestión no era lo más importante para ellos. Estaban en una nube, todavía estaban digeriendo su salida de Auscwhitz. Habían estado tanto tiempo en el infierno que ahora su excarcelación se había convertido para ellos en una experiencia alucinatoria. Tenían que hacerse pasar por simples trabajadores del campo, pero todavía seguían en Auscwhitz, contemplando las terribles escenas que hasta hacía bien poco habían vivido.

Antes de acercarse a los hogares más cercanos Bendera se introdujo por un camino rural que daba a una amplia granja. Allí había colgada suficiente ropa para los cuatro. Después volvieron al núcleo principal del pueblo y llamaron a la puerta de la primera casa que vieron.

La mujer que les abrió notó algo extraño en sus miradas. Estaban extremadamente delgados y con el pelo rapado. Enseguida ató cabos. Había oído hablar de campos de concentración próximos de prisioneros donde según les habían contado la gente moría a millares. Esa era parte de la realidad que le habían transmitido pero no toda. La realidad era mucho más trágica y más terrible. Ellos eran la prueba, aunque por arte del destino habían conseguido escapar y ahora la dueña de la casa les estaba preparando un buen caldo de sopa. El siguiente paso era ponerse en contacto con miembros de la resistencia. Una vez que lograran pasar el frente estarían a salvo. El ejército rojo luchaba con fiereza contra el agresor alemán y había conseguido detener su avance. Estaba ganando la batalla poco a poco, pero todavía quedaba mucha tarea por hacer. En cualquier momento podría cambiar la situación aunque la unión soviética tenía un aliado natural: el general invierno, y este amigo ruso era algo con que los alemanes no habían contado y que les haría palidecer hasta provocar su completa derrota.

XVIII

Corrieron dentro del barracón y revolvieron todas las dependencias mientras apartaban a golpes a todos los presos que se les cruzaban en el camino. Registraron cualquier rincón oculto, llegaron a levantar incluso el suelo, pero no había señales de los cuatro prisioneros desaparecidos. También registraron los locales donde solían trabajar en grupos de kommandos todos los días, pero tampoco los hallaron. No era la clásica fuga de reclusos que excavaba un túnel en silencio, con mucho tiempo y escasos medios. Era algo más enrevesado y mucho más ingenioso. Por mas que buscaron no encontraron nada, ningún indicio sospechoso.

El jefe del block agarró su bastón y preso de rabia le dio un bastonazo al interno que tenía mas cerca. El golpe fue tan certero que el preso cayó al suelo aquejado de un fuerte dolor.

Y la noticia no tardó en llegar a los altos mandos del campo.

Cuando se entero de la inesperada evasión, Rudolf Hoess no se lo podía creer. En cuanto la información llegase a oídos de Adolf Eichmann su cargo en el campo estaría en peligro, y su carrera podía acabar en las SS. El segundo comandante de Auscwhitz se había cuadrado saludándole al estilo hitleriano antes de darle la mala noticia. Hoess enseguida adivinó que algo malo había ocurrido, sobre todo porque Bischoff permanecía completamente inmóvil, era incapaz de articular palabra. No sabía que hacer, temía la reacción de su jefe mas inmediato. Al final se decidió.

- Acabamos de enterarnos de que cuatro presos se han fugado, herr komandant, dijo con total frialdad, esperando la reprimenda

Rápidamente, Rudolf Hoess se levantó de su despachó, como si le hubieran tocado un resorte, y golpeó la mesa con furia

- ¿Quién es el kapo responsable de estos reclusos?, gritó el Obersturmbannführer Rudolf Hoess

- Le quiero muerto ya, añadió

- Que lo encierren de inmediato

- A la orden, gritó el Sturmbannführer Bischoff. No le quepa la menor duda de que vamos a actuar con dureza.

Wulff, máximo responsable del barracón donde se había producido la evasión, ya había sido detenido preventivamente. Cuando se enteró tampoco dio crédito a lo que había sucedido, y para colmo de males él, en realidad, no era culpable de nada. O quizás sí, por su falta de previsión y de anticipación a aquello que era un deber sagrado de todo preso: el fugarse; sobre todo porque los controlaba, cosa que no había hecho y que le costaría la vida casi con total seguridad.

Para las autoridades del campo cuando se producía una fuga siempre había algún último responsable. En teoría él tenía que haberse enterado de los planes de sus subordinados, pero los desconocía completamente.

- Un buen trabajo de evasión, comentó irónicamente Rudolf Hoess después de haberse sosegado un poco.

Había ido con sus subordinados al lugar de los hechos. No habían descubierto nada que les incriminase. Lo único que estaban investigando era la declaración de uno de los guardias de las SS que se encontraban en la puerta de entrada. En el almacén no habían echado nada en falta, por lo que estaban haciendo un inventario. No tardarían en descubrir la falta del material bélico sustraído.

- Desde luego hay que felicitarlos, volvió a comentar con ironía Rudolf Hoess mientras daba una fuerte patada a una silla que la hizo desplazarse varios metros.

Cuando se enfadaba era algo terrible. El primer comandante del campo de Auscwhitz tenía un genio tan horrible que ninguno de los que trabajaban próximos a él querían tenerle cerca.

No podía ser de otra manera. Enseguida lo adivinaron, sólo vestidos con el uniforme de las SS podía haber cruzado la entrada. Sus subordinados no sabían que hacer, ninguno se atrevía ni tan siquiera a dirigirle la palabra para intentar justificar el hecho. Sus ojos llenos de furia lo delataban, no lograba admitir que unos pocos presos malalimentados y malvestidos hubieran podido hacerse pasar por auténticos miembros de las SS.

Las celdas de castigo de Auschwitz eran totalmente diferentes a las de las penitenciarias más comunes de cualquiera de los países ocupados, exceptuando por supuesto la de los regímenes dictatoriales del tercer mundo. Los kapos sabían muy bien que cuando a alguno de ellos lo metían en una celda de castigo eso significaba la muerte por inanición. El preso perdía la noción del tiempo y se iba debilitando paulatinamente hasta que a los pocos días moría. Algunas veces los guardias le suministraban agua para prolongar la agonía, y en otras ocasiones, visto el deterioro, le aplicaban una inyección letal de fenol para acabar con su vida.

XIX

Era la segunda vez que volvía al campo. A diferencia de la primera, ahora Alemania combatía ferozmente en Rusia. Era el 17 de Julio de 1942, y todavía quedaba mucho verano antes de que llegase el terrible invierno soviético. El vehículo del Reichsfuhrer de las SS, Heinrich Himmler, volvió a cruzar la entrada de Auschwitz con la parafernalia propia de la ocasión. El transcurso de la guerra le había cambiado un poco su aspecto. No tenía ese aire marcial característico de los oficiales teutónicos. Ahora estaba mucho más gordo que al principio de la guerra. Su incipiente barriga, fruto de sus continuos nervios, le delataba. Y lo único que podía hacer para calmarse era comer. Con sus gafas de intelectual alemán y su uniforme negro no parecía el típico ario que preconizaban las enseñanzas del movimiento nacional socialista. El campo de concentración se había transformado. Del primer campo original se había pasado al denominado Auschwitz II o Birkenau. Este a su vez se estaba ampliando para cubrir las necesidades imperantes del momento. El Auschwitz-I era el Stammlager y el centro administrativo de las dependencias.

Himmler estuvo examinando los planos de lo que faltaba por edificar y después empezó a recorrer los cuarenta kilómetros cuadrados que comprendía la zona de interés de Auschwitz, que era el área sometida al dominio administrativo directo de la institución.

En Auschwitz I estaban muriendo miles de intelectuales polacos y prisioneros de guerra soviéticos que habían sido capturados al inicio de la operación Barbarroja.

Pero el grueso de la operación de exterminio se estaba llevando a cabo en Auschwitz II Birkenau. Las cámaras de gas, camufladas de duchas, estaban en el bloque 11. La primera de ellas fue instalada cerca del primer horno. Tenía puertas herméticas en dos lados y ocupaba una extensión de 65 m2

Hablaba poco, Himmler le informaba muy a menudo de los trabajos en Auschwitz. Finalizada la comida, Rudolf Hoess, después de invitar a un brindis a todos los asistentes, se acercó al Reichsführer de las SS y le dijo:

> - Her Kommandant, me informan de la llegada de un nuevo grupo de prisioneros, listos para ser seleccionados
> - Para mí sería un honor que usted escogiera al grupo y comprobara in situ el funcionamiento de la casita blanca

Himmler sonrió esta vez por un instante. Ya sabía lo que quería decir esas dos palabras.

Para los nazis fastidiar la vida de los judíos en momentos especiales para ellos era algo que les atraía sobremanera. Como la fiesta de Hanukkah, que era elegida deliberadamente con frecuencia por los servidores de la svástica como ocasión para matar judíos.

Hanukkah llamada "la Fiesta de las Luminarias", era una festividad judía que se celebraba durante ocho días, y en la que se conmemoraba la derrota de los helenos y la recuperación de la independencia judía a manos de los Macabeos, y la posterior purificación del Templo de Jerusalén de los iconos paganos, del que se recuerda el milagro del candelabro, que ardió durante ocho días consecutivos con una exigua cantidad de aceite.

Al principio de la apertura del campo los hombres elegidos eran sacados al exterior de malas maneras. Efectivos de las SS aguardaban con porras de goma y herramientas de hierro fino. Después comenzaba el espectáculo: golpes, tortura y ensañamiento con los internos hasta que agotados de tanto machacar a las víctimas el cuerpo ya no respondía y se volvía inerte. Mientras, a aquellos que todavía conservaban un hálito de vida, eran rematados en el suelo a golpe de revolver.

Pero ahora los métodos de exterminio se habían sofisticado. Siguiendo la costumbre habitual, el grupo de prisioneros judíos fue conducido a las cámaras de gas después de haber sido despojados de todas sus posesiones, para según ellos, los guardianes, proceder a una desinfección. En realidad el recipiente de la ducha era en realidad el orificio de donde salía el gas Zyklon B.

Las puertas se cerraron y el gas empezó a circular por los conductos poco a poco, hasta inundar por completo la inmensa habitación donde se habían hacinado centenares de presos, en su mayoría impedidos, hombres viejos y niños y mujeres.

En el exterior del recinto Rudolf Hoess abrió la mirilla que permitía ver el interior de la cámara de gas para contemplar en directo el espectáculo. Los prisioneros judíos empezaban a revolverse unos contra otros llevándose las manos instintivamente a la boca. Pero muchos de ellos, derrotados y sabiendo el fin que les esperaba, se entregaban a la muerte sin apenas ofrecer resistencia.

Himmler también observaba la escena con cierto desagrado por su parte. No estaba acostumbrado a ver morir tanta gente mediante el uso del gas Zyklon B, a diferencia del comandante del campo. Era la primera vez que podía contemplar aquellas muertes masivas tan atroces. En los dos años de guerra había visto morir mucha gente, pero no de esa manera tan cruel y traidora.

La función no le defraudó. Enseguida cerró la rejilla y tomó un poco de aire. Esa visión y los lamentos que escuchó de los prisioneros le iban a acompañar durante el tiempo que le restase de vida, atormentándole, aunque no iba a renunciar a su ideología, estaba a dispuesto a cumplir las órdenes del Führer.

Tras ser testigo directo de la matanza de inocentes Himmler se dirigió junto con su comitiva a la cercana ciudad de Kattowitz, a una recepción en su honor celebrada en la casa del Gauleiter Bracht.

El día después regresó de nuevo a Auschwitz para inspeccionar el recinto de mujeres de Birkenau.

El calor no se iba, aquel verano de 1942 se estaba caracterizando por ser uno de los que más altas temperaturas marcaba en los registros. Himmler volvió otra vez para inspeccionar el recinto para mujeres de Birkenau. Y como no podía ser menos, el comandante del campo, Rudolf Hoess le había preparado otro de sus espectáculos morbosos. Una de las reclusas había desobedecido reiteradamente las órdenes de la jefa de barracón. Incluso se había atrevido a encararse con sus guardianas. Lo normal era el ajusticiamiento inmediato, pero en esta ocasión el escarmiento iba a ser diferente.

> - Pueden proceder, dijo Hoess cuando le informaron de que la función estaba ya preparada

En ese momento la reclusa fue despojada de sus pobres ropas que apenas le cubrían el cuerpo quedando desnuda de inmediato. La ataron sin contemplaciones a una barra de hierro y comenzaron a darle latigazos. A medida que el número de azotes iba aumentado y la sangre empezaba a descender de su espalda el interés y la excitación de los mandos nazis fue en aumento, pues a pesar del aspecto tan cruel de la pena, la visión de una mujer desnuda en plena adolescencia, bella, y fiera, era digno de contemplación.

Los azotes siguieron hasta que la mujer perdió el sentido y le fueron retiradas las ataduras quedando tendida en el suelo. Las demás reclusas que habían observado la escena quedaron un tanto aterrorizadas por el castigo inflingido. Sabían muy bien, por el tiempo que llevaban en el campo, que una muerte rápida siempre era mejor que morir torturada, un arte en la que los nazis eran auténticos especialistas.

Acabada la sesión el grupo se dirigió a Monowitz, lo que iba a ser Auschwitz III, donde se estaba construyendo una inmensa fábrica de caucho sintético. Era el último lugar de visita programado. Cuando después Himmler regresó a Berlín no se lo pensó dos veces y ascendió a Rudolf Hoess a teniente coronel de las SS.

A partir de ese momento la política de exterminio de los judíos en Auschwitz iba a ser mucho más dura que antes. El avance alemán estaba comenzando a detenerse. Todavía les dolía el incidente acaecido unos pocas semanas antes de la visita de Heinrich Himmler, cuando un pequeño grupo de judíos encabezados por un tal Kazik había conseguido fugarse haciéndose pasar por falsos guardias de las SS. Himmler advirtió seriamente a los comandantes de campo de los territorios ocupados. Su vida correría un serio peligro si volvía a producirse una fuga semejante, y ellos se lo tomaron muy en serio lo que empeoraría más todavía las condiciones de vida de los judíos internados en los campos de concentración.

XX

Stanislaw Jaster recibió la mala noticia de que sus padres habían sido trasladados al campo de concentración de Auschwitz. Allí, en el mismo sitio donde él había sufrido tanto hasta poder fugarse, sus padres perdieron la vida. Y él no tardó en correr la misma suerte en su querida Varsovia durante la ocupación alemana. No pudo ver las divisiones del ejército rojo marchando por la Varsovia derruida tras la retirada del ejército alemán.

Josef Lempart, estuvo tan afectado por las experiencias vividas en Auschwitz, que se había convertido en un zombi. Iba como ido de un lado para otro, deambulando como alma en pena; como si estuviera en un éxtasis místico provocado por esa realidad tan desagradable que había dejado atrás. Tan despistado estaba que un día cruzó sin mirar la calle y fue atropellado por un autobús, muriendo inmediatamente.

Eugeniusz Bendera, que había promovido la fuga al enterarse de que estaba incluido en la lista de los próximos condenados a muerte cayó en la bebida y se convirtió en un alcohólico sin remisión. Murió también a los pocos años víctima de una cirrosis hepática. Auschwitz le había matado.

Sólo Kazimierz Piechowski, Kazik, pudo vivir para contarlo. Pero tuvo que pagar un precio muy alto. Tratamiento psicológico de por vida, resultado de las terribles experiencias sufridas en el campo. Todas las noches sueña que está en Auscwhitz, no puede dormir tranquilo. Todos los días se despierta bañado en sudor y presa de una gran excitación. Es como si nunca se hubiera ido de Auschwitz. Todas las noches ve a los miembros de las SS persiguiéndole acompañado de perros rabiosos que casi le muerden, y esa vivencia onírica diaria es imposible quitársela de encima. Algunas veces piensa que hubiera sido mejor morir en Auschwitz.

ÍNDICE

Este libro se terminó de imprimir en Sevilla durante
el mes de agosto del año 2010.

19472391R00067

Printed in Great Britain
by Amazon